文春文庫

# 選べなかった命

## 出生前診断の誤診で生まれた子

河合香織



文藝春秋

# 選べなかった命

## 出生前診断の誤診で生まれた子

目次

プロローグ　誰を殺すべきか？……10
その女性は出生前診断を受けて、「異常なし」と医師から伝えられたが、生まれてきた子はダウン症だったという。函館で医師を提訴した彼女に私は会わなければならない。

第一章　望まれた子……21
「胎児の首の後ろにむくみがある」。ダウン症の疑いがあるということだ。四十一歳の光は悩んだ末に羊水検査を受ける。結果は「異常なし」。望まれたその子を「天聖」と名づける。

第二章　誤診発覚……33
「二十一トリソミー。いわゆるダウン症です」。小児科医の発した言葉に、光は衝撃を受ける。遠藤医師は、検査結果の二枚目を見落としていた。天聖は様々な合併症に苦しんでいた。

第三章　ママ、もうぼくがんばれないや……49
ついに力尽きた天聖を光は我が家に連れて帰る。「ここがお兄ちゃん、お姉ちゃんと一緒に寝る寝室だよ」。絵本を読み聞かせ、子守唄を歌い、家族は最初で最後の一夜を過ごす。

第四章　障害者団体を敵に回す覚悟はあるのですか？……61
天聖が亡くなると遠藤医師はとたんに冷たくなったように夫妻は感じた。弁護士を探すが、ことごとく断られる。医師から天聖への謝罪はなく、慰謝料の提示は二〇〇万円だった。

第五章　提訴……74
それは日本で初めての「ロングフルライフ訴訟」となった。両親の慰謝料だけでなく、誤診によって望まぬ生を受け苦しんだ天聖に対する損害賠償を求めるものだった。

第六章　母体保護法の壁……87
母体保護法ではそもそも障害を理由にした中絶を認めていない。したがって提訴は失当。被告側の論理に光は、母体保護法が成立するまでの、障害者をめぐる苦闘の歴史を知る。

第七章　ずるさの意味……109
光の裁判を知って、「ずるい」と言った女性がいた。彼女は羊水検査を受けられなかったのでダウン症の子を産んでしまった、と提訴したが、その子は今も生きている。

第八章　二十年後の家族……122
京都で二十年以上前にあったダウン症児の出産をめぐる裁判。「羊水検査でわかっていたら中絶していた」と訴えた家族を訪ねた。その時の子どもは二十三歳になっているという。

第九章　証人尋問　141
裁判では、「中絶権」そのものが争われた。「中絶権」を侵害され、子どもは望まぬ生を生きたというが、そもそも「中絶する権利」などない。そう医師側は書面で主張した。

第十章　無脳症の男児を出産　157
苦しむだけの生であれば、生そのものが損害なのかを光の裁判は問いかけた。一方、この女性は、子どもが無脳症であるとわかりながら、中絶をせずにあえて出産していた。

第十一章　医師と助産師の立場から　166
病院は赤ちゃんの生存の決定を家族に委ねるようになっている。障害をもって生まれた子は、何もしなければ死んでしまう子も多い。だが現場の助産師は、そうした中、疲弊している。

第十二章　判決　180
判決は被告に一〇〇〇万円の支払いを命ずる原告側の勝訴。しかしそれは、「心の準備ができなかった」夫妻への慰謝料だった。光は「天聖に謝って欲しかった」と肩をふるわす。

第十三章　NIPTと強制不妊……191
優生保護法下で、強制的に不妊手術を受けた人たちが国家賠償訴訟を始めて、全国的な広がりとなった。私は最初に提訴した宮城県の原告の女性を訪ねる。

第十四章　私が殺される……213
「なぜ、ダウン症がここまで標的になるのか」。NIPTによってスクリーニングされることに「私が殺される」という思いで傷ついている人たちがいる。

第十五章　そしてダウン症の子は……233
ダウン症でありながらも日本で初めて大学を卒業した岩元綾は言った。「赤ちゃんがかわいそう。そして一番かわいそうなのは、赤ちゃんを亡くしたお母さんです」。

エピローグ　善悪の先にあるもの……240
「どうして私のことをかわいそうって言ったのでしょう……」。ダウン症当事者の岩元の言葉を伝えると、光は涙をためながら言った。

あとがき……253
解説　梯　久美子……258
主要参考文献……266

# 選べなかった命　出生前診断の誤診で生まれた子

# プロローグ　誰を殺すべきか？

その女性は出生前診断を受けて、「異常なし」と医師から伝えられたが、生まれてきた子はダウン症だったという。函館で医師を提訴した彼女に私は会わなければならない。


「ポン」はアイヌ語で「小さい」を表す。

川の名にも土地の名にも、「ポン」というカタカナ表記が残る小さな集落に、その墓はあった。

「熊が川沿いを歩いているので注意してください」

錆びた防災無線のスピーカーから、間延びした声の町内放送が鳴り響く。

墓の周りは野生の馬の糞と枯れ葉で埋め尽くされていた。

南側は噴火湾に面し、北側は絶壁に囲まれたわずかな土地に、食い込むように建てられた家が二十キロに渡って続いている。まるで褌《ふんどし》のように細く家が連なる様子から、この辺りは「ふんどし町」と地元で呼ばれていた。

浜には、無造作に黒、黄、赤、橙《だいだい》の浮き球が積み上げられているが、どれも色あせて昆布色に染まっていた。紐に大量に括《くく》りつけられたペットボトルも浮き球の代わりに使われている。夏になると「ふんどし町」は一面肉厚で幅が広い昆布のカーテンで覆われ尽くす。

海沿いを走る道から外れて、小さな川に沿って十分ほど歩いて上がった斜面にある、鈍色《にびいろ》の空と溶け合うような色をした小さな墓。

ここに眠るのは、たった三カ月でその短い生を閉じた幼子。

この子どもこそ、出生前診断の誤診によって誕生し、生まれたこと自体が誤りであり、その生自体が損害なのかを、日本で初めて争われた命であった――。

その新聞記事を目にしたのは、私自身の出産から一年ほど経った頃のことだった。

〈出生前診断で説明ミス　ダウン症を「陰性」〉

という見出しの記事で、羊水検査の誤った結果を医師から伝えられたために、ダウン症の子を出産したとして母親が医師を提訴したと書かれていた。

二〇一一年、北海道函館市の産婦人科医院「えんどう桔梗《ききよう》マタニティクリニック」で、当時四十一歳の母親が胎児の染色体異常を調べる羊水検査を受けたが、実際にはダウン症との結果が出ていたのにもかかわらず、医師から「異常なし」と伝えられていた。その年の九月に、母親は男児を出産。男児はダウン症であり、ダウン症に起因する肺化膿症や敗血症のため約三カ月後に亡くなった。

両親は「出産するか人工妊娠中絶をするかを自己決定する機会を奪われた」として医院と遠藤力院長を相手取り、一〇〇〇万円の損害賠償を求める訴訟を函館地裁に起こしたという。

〈母親は「裁判を通して、病院側が、出生前診断を受ける家族にもっと真剣に向き合うようになってもらいたい」と話している〉（二〇一三年五月二十一日付読売新聞）

すでにこの世に生を受け、そして生後三カ月で亡くなった子ども。生まれ、死んだ我が子を「出産するか中絶するかを自己決定する機会を奪われた」とはどういうことだろうか。

一〇〇〇万円の慰謝料に値する損害は、何に対する損害なのか。自己決定する機会を奪われてダウン症の子どもを産んだことなのか。ダウン症ではないと言われていたのにダウン症児を産んだこととの精神的衝撃であろうか。あるいはダウン症による合併症で子を失ったことへの悲しみなのだろうか。もしくはダウン症で生まれたこと自体が損害だというのだろうか。

この裁判に対しての識者のコメントを見ると、原告の母親に対して否定的な意見が少なくなかった。批判されたのは、すでに子どもは生まれているのに出産を検討する機会を奪われたという論理で裁判を起こしたこと、一〇〇〇万円という金額が大きすぎるということ、ダウン症児を産むことを損害だと見なしているように感じられること、そもそもダウン症児であれば中絶していたかもしれないということ自体が差別に当たるということなどで、インターネットでも論争が繰り広げられた。

この年の四月より新型出生前診断（ＮＩＰＴ）が日本で始められ、母体の血液だけでダウン症などの染色体異常を調べられるとして、その賛否を巡り大きな話題を集めていた。

それまで母体の血液による検査として行われていた母体血清マーカー検査は染色体異常の確率がわかるだけであったことに比べ、ＮＩＰＴは格段に精度が上がった検査だと喧伝されていた。一方、命の選別を助長するとして、障害者団体などはＮＩＰＴの実施について慎重に考えるべきだとの発言を繰り返していた。

私はこうした議論を聞きながら、実際に選択に直面する立場にならなければわからないことがあるのではないかと思っていた。美しい言葉ならだれでも言える。命は尊い、命は平等。それに表立って反論できる人は少ないだろう。けれども、と思うのだ。当事者になったら描いていた理想通りに行動できるのだろうかと。

この母親がダウン症児を産んだちょうどその頃、私は妊婦健診で胎児の首の後ろの浮腫を指摘され、生まれてくる子どもがダウン症などの疾患を持っている可能性があることを医師から告げられていた。三十五歳を超えていたこともあり、出生前診断についての説明も受けた。「高齢出産の妊婦には説明しましたとカルテに書かなければいけないから一応ね。訴訟になるといけないから」と医師はつけ加えた。

障害を持つ子どもを産む可能性に私は向き合わざるを得なくなった。つわりと不正出血に悩まされながら幾日も考えて、「検査はしない。どんな障害がある子でも産みたい」と決めた。

それからも、出産直前まで母子共に様々な検査値の異常が尽きなかったこともあり、出産が目前に迫った頃にはなぜか私は子どもが何らかの疾患を持っているものだと信じ込んでいた。

障害があろうとなかろうと、命に軽重はないという信念を私は持っていた。障害を持つ友人や大切な人もいた。けれども、いったんはどのような子どもでも受け入れると決めていたのに、出産が近づくにつれて心が乱れていく。今まできれい事を言っていた自分を恥じた。何も、本当に何もわかっていなかったのだ。その時の私は自分でも信じられないほどに強く、身勝手に、子の五体満足を願ったのだ。

出産のプロセスは過酷であった。羊水過少によって緊急入院し、医師たちのひそひそ話などを耳にすると、日に日に心の不安は大きくなっていく。産後は私が敗血症となり、全身の血管内に血液凝固が起きる播種《はしゅ》性血管内凝固症候群（ＤＩＣ）を併発し、生死の境をさまよった。「危ない状態です」とＩＣＵ（集中治療室）の看護師に言われ、「私は助かりますか？」と縋《すが》るように発した質問に、医師は答えられないという顔をした。

明日は来ないかもしれない。それほど逼迫していてもなお、深夜に助産師がやってきて、乳腺炎にならないようにと母乳マッサージをした。母親であることと、自分の命を守ることが、綱引きをしているかのような思いがした。

一命を取り留めてからも、病室から見える道を歩く人たちが長袖から半袖になるまで、産んだばかりの我が子と離れて暮らした。点滴につながれた私は退院するまで我が子と会えず、成長は写真で見守るだけだった。母乳を毎日三時間おきに絞って、ナースステーションの冷蔵庫で冷凍し、保冷バッグに入れて祖父母と暮らす子のもとに届けてもらった。

産んだばかりの我が子をこの手に抱けなかった苦しみは忘れられない。

結果的に子どもに先天性の病気はなかった。障害があっても産みたいと決意したのに、直前に心配ばかりした自分を今は恥ずかしくも思う。子どもの寝顔を見ると、どのような子であれ、愛おしく思ったのだろうという気持ちになる。

けれどもどんなに取り繕おうと、崖淵に立った時に初めてわかることがある。

この函館の母親に会わなければならないと強く思った。

たった一人で苦しんでいるであろう母親に。

提訴から一カ月半が経った二〇一三年七月四日、第一回口頭弁論が函館地方裁判所で開かれたが、口頭弁論とは名ばかりでわずか五分で閉廷となり、母親の声を聞くことはできなかった。

そして八月二十日、第二回口頭弁論が行われた。

日差しが身体を突き刺すような暑さだが、空の色は秋の訪れを告げるかのように薄い。傍聴人や弁護士、裁判官が入室した後に、法廷内を報道用のテレビカメラが撮影を終えてから、原告である母親は滑るように入廷してきた。黒のブラウスに黒いスラックスを穿き、栗色の髪は短く揃えられ、化粧っ気のない肌は白く透明だ。

裁判長が質問を投げかけた。

「検査の結果、ダウン症であれば中絶することが通常であるというのが、原告の主張の前提でしょうか？」

「陽性であれば中絶することが一般的だと思います」

原告の弁護士は即答した。

母親はどんな思いで聞いているのだろう。肩が小さく震えていた。

この日の法廷もそれ以上踏み込んだやり取りはされないまま十分ほどで閉廷となり、原告夫婦は素早くミニバンに乗り込んで裁判所を後にした。

テレビや新聞の報道記者たちは裁判所の門の外で弁護士を囲み、今後の裁判の展開についての質問を投げかけている。原告からは直接話は聞けないと母親の弁護士は記者たちに伝えていた。

私は輪の一番外にいて、皆が一通り取材を終えて空気が緩んだかのようになってから弁護士に話しかけた。

「訴状が訂正されているのはどうしてでしょう」

「最初はもしも出産前にダウン症だとわかっていれば中絶したと訴状に書いていましたが、途中で中絶した可能性が高いという内容に書き直したのです。原告の母親がどうしてもそうしたいと言ったからです」

生まれてしまった子を見て、「中絶していた」と言い切ることはできないと母親は言い張ったと弁護士は説明した。弁護士としては、裁判の性質上、「中絶していた」とはっきり言った方がいいのではないかと幾度も提言したが、母親がどうしてもそこは譲らなかったのだという。

「ダウン症だと知っていたら中絶していた」と明確に主張した方が裁判に有利であっても、どうしてもそのように言うことができなかった母親。その心の中の葛藤の深さはどれほどのものだろうか。

私は弁護士に頼んだ。どうしても母親と話がしたいので、連絡を取ってもらえないでしょうかと。私も妊娠中に我が子がダウン症かもしれないという可能性を指摘されて迷い悩んだ、だからあなたの話を聞きたい。そう弁護士から母親に伝えてもらった。母親の気持ちは揺れているようだった。その日の夜に私の携帯電話に母親から電話がかかってきて、母親は翌日に時間を作ると約束してくれた。しかしそのすぐ後に、「やはりお話しするのは無理です」という電話があった。けれどさらに一度、母親から電話がかかってきて、ようやく会うことに同意してくれた。

朝市の呼び込みを目にしながら、朝の八時半に函館駅で母親と待ち合わせた。半袖のゆったりとした白いチュニックにパンツ姿の彼女は、想像していた印象とは違い、控えめで抑制的な話し方をする女性であった。冷静だが、柔らかく温かい雰囲気に包まれている。

母親は子ども用のキャラクターが描かれた紙挟みから資料を大切そうに取り出して、これまでの経緯を話し始めた。その話は数時間経っても尽きることはなかった。頼んだコーヒーは冷めていた。私は失礼だと思いながらも、どうしても聞かねばならないと考えていたことを尋ねた。

「もしもダウン症だとわかっていたら中絶していましたか？」

母親は嫌な顔をすることなく、静かに答えた。

「決断というのは、迷って迷って、崖に落とされそうになって、最後の指一本でつかまっているギリギリのところで決めるものだと思うのです。だから、中絶していたかどうかということは言うことができないんです」

たとえば、中絶すると決めていて手術室に入ってからでもやめる人もいるのだ、と母親は続けた。確かにそうだろう。けれど、それならなぜ訴訟を起こすのか。

「裁判に訴えることは子どもの命を否定することになるのでしょうか。苦しみながら闘った我が子を見て、私たちはとてもつらい思いをしたのに、どうして世の中の人たちから責められなければならないのでしょうか。あの子の苦痛は、親が高齢出産したせいだと責められなければならないのですか」

そして、母親は苦渋の表情を浮かべた。

「誤診をされ、あの子は亡くなってしまった。私たちは、被害者だったのではないでしょうか？」

医師のミスによって誤った検査結果を伝えられた。もしも病気の検査であれば、「もちろん被害者です」と誰もが言えるだろう。

けれども、この場合は何かそう言い切れないものがあるのだ。

子どもから見たらどうだろうか。誤診の結果、子どもは生まれたのだ。誰が加害者で、誰が被害者なのか。

急速に技術が進むなか、生まれる前に命の選択をする技術的なハードルは下がってきている。そして出生前診断を受ける人は増え続け、それは心の準備のためだと言う人も少なくない。だがＮＩＰＴを受けた後、確定診断となる羊水検査で染色体に異常があると診断された妊婦のうち九割近くが中絶を選択しているという現実もある。

どのような言葉と理由で装飾しようと、私たち社会が直面しているのはあまりに野蛮な問いなのだ。

誰を殺すべきか。

誰を生かすべきか。

もしくは誰も殺すべきではないのか。

震えた手で冷え切ったコーヒーを喉に流しながら、透き通るほど淡い瞳をした母親はまっすぐ私の目の奥を覗き込んだ。

# 第一章　望まれた子

「胎児の首の後ろにむくみがある」。ダウン症の疑いがあるということだ。四十一歳の光は悩んだ末に羊水検査を受ける。結果は「異常なし」。望まれたその子を「天聖」と名づける。

子どもの名前がひらがなで書かれたタオルハンカチで目頭を抑えながら、母親は細い声で語り始めた。赤ちゃんの誕生を待ち望んだ短い幸福の時のことを。

「三十八歳で三番目の子どもを産みましたが、ダウン症はどこか他人事のように思っていました。だから四十一歳で四人目の子を妊娠した時も、高齢出産の不安はありませんでした。子どもが好きだから、何人でも産みたかった。だから、あの子を授かったことがわかった時、私はとても幸せでした」

## 四人目の子どもを妊娠して

「ふんどし町」と地元で呼ばれる北海道の小さな漁師町で、この母親、田中光《ひかり》は一九七〇年に生まれた。目の前に迫り来る波の音は子守唄のようだった。

祖父は漁師であったが、父は家業を継ぐことはせずに、地元の郵便局に就職した。隣の漁師町から母は嫁に来た。父は「自分は背も低いし、いい男でもないさ。なのに、こんな別嬪《べっぴん》さんがかあちゃんに来てくれて嬉しかったさ」といつも言っていた。酒を飲んでは家族に暴力を振るう荒くれ者であった祖父を反面教師に、光の父は家族を大切にし、妻と何時間でも飽きることなく話す時間を愛おしんだ。

光は待ち望んだ第一子であった。

「ふんどし町」では、地震が来ても逃げる場所がない。裏山は九十度に近い絶壁の岩崖で、上ることもできない。土砂崩れで親戚の家が潰れ、光も窓から避難したことがあった。けれども、怖いと思ったことはなかった。

光が小学校に上がる頃に、父の転勤で一家は函館市に移り住んだ。それでも夏休みが始まる一学期の終業式から二学期の始業式まで「ふんどし町」に母親と弟たちと帰って、磯舟に乗り昆布漁を手伝った。舟を降りた後は、ぬめぬめとした昆布が積まれた軽トラックの荷台に光も一緒に乗り込んで、石が転がる浜まで昆布を運んで干した。一日の労働の後に、地面に腰をおろして海を見ながら缶ジュースのネクターを「一服」するのが最高だった。網にかかったものはなんでも食べさせてもらえた。マンボウもカモメも口にした。

高校卒業後は、旅館のフロント業、空港のセキュリティチェックの警備員、札幌市での老人介護など仕事を転々とした。その時に「医療現場で働く仕事が好きなら資格があった方がいい」と先輩から勧められ、日中は働きながら看護専門学校の夜学に二年間通学。二十六歳の時に看護師の資格を取り、高齢者を看取ることの多い病院に就職した。

そこで見た光景は、残酷なまでにありのままの生がむき出しにされた現場であった。どんなに社会的な立場が高かったとしても誰も面会に来ないで置き去りにされている人もいれば、貧しくても最後まで温かい思いで家族が通ってくる人もいる。死はそれぞれの人間に一つひとつ別の形で訪れてくるのだ。その人たちの、死にゆく人の人生の最後に関わらせてもらう者としてここにいるんだ、と光は自分の祖父母に対するのと同じ気持ちで患者に接するように努めた。

夫となる田中晃と出会ったのは、整形外科の病院で働いていた時のことだった。骨折をして入院していた晃は光の四歳年下で、退院後に食事に誘われ交際するようになった。二十九歳で結婚し、翌年出産。三人の子どもを次々と授かった。光の母が突然亡くなったことから、晃は札幌市でのセールスドライバーの仕事を辞め、光の父親が暮らす函館近郊に引っ越して、同居することを決意してくれた。それからは山の上にあるプラントで働いている。正月や盆も関係なく仕事があり、勤務形態は不規則だ。体はきついが、夜勤明けに山頂から見る日の出の美しさは幾度見ても心が洗われると晃は思った。

郵便局長となっていた父親と光夫婦は共同で土地を買い、光夫婦と三人の子ども、そして父の六人家族で暮らす新しい家を建てた。部屋の数は十一。光は四人目の子どもを妊娠したことを機に、看護師の仕事をやめることにした。生まれてくる子を迎えるために欠けているものは何もなかった。

**「首の後ろがむくんでいますね」**

毎年、東日本大震災の報道を見るたびに、あの日の胸の痛みが蘇るのだと光は訴える。震災から四日後の二〇一一年三月十五日、妊娠十二週であった光は妊婦健診のために、いつものようにえんどう桔梗マタニティクリニックを訪れた。二人目と三人目の子どもを出産したクリニックであり、院長である遠藤力医師を信頼していたので、四人目の妊娠がわかった時からこのクリニックで健診を受けていた。

医師は、エコーの機械を腹部に当てて、角度を変えながら時間をかけて胎児の様子を見ている。

「ご主人は本日いらっしゃっていますか？」

たまたまこの日は晃も付き添いとして一緒に来ていた。待合室で待っていた晃を呼びに行き、夫婦で医師の説明を聞いた。

遠藤医師は淡々と告げた。

「首の後ろがむくんでいますね」

胎児の首の後ろのむくみが厚いと、ダウン症などの染色体異常の可能性もあるのだと医師は説明した。

「ご親戚にどなたか染色体異常の方はおられますか？」

光が「いない」と答えると、遠藤医師は光を不安にさせすぎないようにと配慮してか、いつもより明るい声を出した。

「おそらく大丈夫だと思いますが、年齢的なこともありますし、もしも心配だったら羊水検査という検査があります」

遠藤医師は、四十一歳という年齢で染色体異常を発症する確率は三十三分の一というデータを説明し、検査でわかる染色体異常の症状が書かれたイラストを見せた。例えば二十一トリソミーであればこのような合併症が考えられこういった予後になりますと、遠藤医師はその印刷された文書を読み上げた。そして医師は羊水検査による流産のリスクを話し、「ご夫婦で検査を受けるかどうかをよく話し合ってください」と告げた。

診察室を出ると、廊下で看護師が待っていた。説明したいことがあるため、別室に入るように促された。

「先生の説明で何かわからないことはありませんでしたか？」

看護師の質問に、遠藤医師の前ではずっと黙っていた光はようやく言葉を発した。

「この検査には選択肢がありますか？」

「選択肢」という言葉で意味が通じるだろうか……。光は心配もあったが、どうしてもこの時に「中絶」という言葉を発することはできなかった。

「検査を受ければ安心して出産に向かうことができますよ。結果次第では今回は残念ながら諦める、ということであれば選択肢はあります」

看護師は事務的で、手慣れた様子だ。

「もしも羊水検査を受けるのであれば、中絶ができるのは妊娠二十二週までですので、それを見据えた上で妊娠十六週か十七週までに予約の電話を入れてください」

羊水検査の結果が出るのに三週間ほどかかるので、検査の時期が遅れると人工妊娠中絶手術が法的にできなくなるのだと看護師は説明を続けた。

**自分は四十歳を超えている**

帰りの車の中でも光と晃は重苦しい思いを拭《ぬぐ》えず、あまり口をきかなかった。何を話せばいいのかわからなかった。

光は家に帰ると、自分の父親に医師から指摘されたことを話した。

「赤ちゃんの首の後ろがむくんでいて、異常の可能性があるんだって」

「すぐ堕ろせるのか」

開口一番、父親は大きな声を出した。父は郵便局での仕事の関係で、障害者施設に行くことが少なくなかった。その時に出会った家族の苦労を光に話した。

「障害者を育てるってことの大変さをお前はわかっているのか」

「お父さん、何言うの。まだ病気かどうかわからないのに、命なのに……。だから答えが出せないのに……。もしも障害者だったら赤ちゃんは生まれるべきじゃないの？」

光はそう反発したけれども、もしも生まれた子どもに障害があったら自分は育てられるのだろうかという不安もあった。すでに子どもは三人いる上に、障害のある赤ちゃんが生まれたら、もう自分は働くことができなくなるのではないか。そして何よりも考えたのは、上の子どもたちのことだった。この子たちの学校の参観日や運動会に、障害のある子を連れて行く勇気が自分にはあるだろうか。子どもたちが結婚する時に偏見に晒されないだろうか……。

光は悩んだ末に、羊水検査を受けることにした。あれこれ悩んでいるよりは検査をすれば安心して出産を迎えられる、という気持ちからだった。

札幌に暮らしていた頃、光が第一子を妊娠している時に、産婦人科クリニックの医師から「こんなものがあります」と説明されたのが母体血清マーカー検査だった。当時二十九歳だった光はその検査の名前すら聞いたことはなかったが、医師が紹介するものだし、血液による検査でリスクもないのであればと思い、安心のために一万円を払って母体血清マーカー検査を受けたことがあった。深い考えはなく受けた結果、染色体に異常のある確率は大変低いとの結果が出た。赤ちゃんは検査の結果通りに、元気に生まれてきた。

函館近郊に引っ越した後に授かった第二子と第三子は、遠藤医師のクリニックで出産した。第三子を妊娠した時に光は三十八歳で高年妊娠だったため、羊水検査について遠藤医師から説明されたこともあった。しかし、特にそれまでの妊婦健診で異常を指摘されたことがなかったし、光も「万が一、障害を持っていても育てていけるだろう」と考え、羊水検査を申し込むことはなかった。

だが、今回は病気の可能性が疑われる首のむくみがあり、自分の年齢も四十歳を超えているのだ。「障害があっても産めばいいじゃないか」と以前のように楽観的には思えなかった。

**「大丈夫です。異常はありません」**

羊水検査を受けたのは、妊娠十七週の四月十四日のことだった。

クリニックの待合室で光が待っていると、顔見知りの看護師が近寄ってきた。

「羊水検査受けるんです」

光が不安な思いを話すと、看護師は励ますように笑顔を見せた。

「私もここで羊水検査したよ。何もなくて安心できたから」

羊水を採取したのは、遠藤医師本人であった。

検査結果が出るまでの間、光は同居しているのにもかかわらず、父親と一言も口をきくことはなかった。「堕ろせるのか」といきなり言い放った父親を許せない思いがあった。食事も別々にとった。

そして検査から三週間が過ぎた五月九日、光は結果を聞くために緊張した面持ちで診察室に入ると、遠藤医師はにこやかに告げた。

「大丈夫です。異常はありません」

そして付け加えた。

「結果は陰性でした。九番染色体に逆位が存在しますが、これは正常変異です」

「それは何を表すものですか？」

「変異」という言葉に不安になった光が尋ねると、遠藤医師は「心配しなくていいですよ」と説明を続けた。

「これは人の顔が丸い四角い、足が長い短いなどの特徴があるのと同じようなものです。

説明することによって妊婦さんが不安になるので、伝えなくてもいいくらいのものです。専門家の間では、『異常なし』とだけ伝えて、『正常変異』のことは妊婦さんには言わないのが通例なんです。何も心配はいりませんよ」

診察室の緊張感は緩み、遠藤医師と光は雑談をした。同じく産婦人科医であった遠藤医師の父親が関わっていたという男女産み分けの方法について、「どうなんでしょうね」と世間話をした。

「小さな命の選択に悩まなくてすんだ」

光は安堵の思いで晃に結果を連絡した。

外出先でばったり会った父親にも「大丈夫だったよ」と伝えると、父は「そうか」とだけ言って光を喫茶店に連れて行き、ケーキを頼んだ。

それから日常が戻ってきた。

その後の妊婦健診では胎児が小さめだと指摘されることもあったが、「正常範囲内であり、特に問題はありませんよ」と遠藤医師から説明を聞き、光は特に心配はしていなかった。

羊水検査の結果を聞いた時に、赤ちゃんの性別は男の子だとわかった。晃は四人目の子どもだというのに、新しい名づけの本を買ってきた。

「天聖《てんせい》にしよう」

晃は迷うことなく決めた。

上の三人の子どもはよくある一般的な名前なのに、珍しくかっこいい名前をつけたと光は思った。

出産予定日の三週間前、九月初日にもかかわらず、函館では気温が三十度近い夏日であった。

いつも通り光は自分で車を運転して妊婦健診に出かけた。すぐに戻ってくるだろうからと、洗濯物は外に干したままだった。

翌日は長男のクラブ活動の付き添いのため、札幌へ車で行く予定があった。前回の健診時、光は遠藤医師に「札幌へ行っても問題はないでしょうか」と尋ねたが、「エコノミー症候群に気をつけてくださいね。陣痛が来たらすぐに車で帰ってくればいいよ」と遠藤医師は答えた。

診察室に入ると、遠藤医師はいつも通り、にこやかに話しかけた。

「外はすごく暑かったでしょう」

光のはち切れんばかりの腹に超音波を当てていた遠藤医師が突然顔をこわばらせた。

「羊水が減少している状態です。胎児の心拍が下がっているので、すぐに転院してください。うちでは対応できないので、函館五稜郭病院へ搬送します。お母さんと赤ちゃんが別々にならないためには、大きな病院で産んだ方がいいから」

「遠藤先生のところで産みたかったのに……」

突然のことに動転して、現実を受け入れられないまま光はそう呟いたが、周りの緊迫した雰囲気に二の句を継げなかった。

光はその場でストレッチャーに乗せられ、もう一歩も歩くことさえ許されなかった。救急車のサイレンの音が徐々に近づいてくる。

遠藤医師と副院長の名前で記された函館五稜郭病院への診療情報提供書には、胎児がその時に直面している状態とともに、このように書かれていた。

〈染色体正常変異でした。本人には異常なかったと話しております〉

救急車の中で、付き添いのために同乗したクリニックの助産師は、搬送先の病院に持っていく光のこれまでの診療カルテをパラパラとめくっていた。

それでもまだ誰ひとり、誤診に気づいていた人はいなかった。

# 第二章　誤診発覚

「二十一トリソミー。いわゆるダウン症です」。小児科医の発した言葉に、光は衝撃を受ける。遠藤医師は、検査結果の二枚目を見落としていた。天聖は様々な合併症に苦しんでいた。

「それは検査した遠藤医師の勘違いだと思います」

二〇一一年九月一日、光は二〇二六グラムの男児を出産した。

産後は一日でも早く回復して家事と育児をしなくてはいけないからと自然分娩を希望したが、胎児の仮死状態が疑われ分娩のストレスに耐えられないとして、緊急帝王切開での出産となった。

生まれたばかりの我が子のみゃあみゃあという猫のようにか弱い産声を聞いて、無事に生まれたのだと光はようやくほっとして安堵の涙を流すことができた。

生まれてすぐに赤ちゃんの顔を見せてもらえたが、特に異変には気づかなかった。低出生体重児だということで天聖は保育器に入れられ、母子別室で過ごすことになった。光自身も手術後の発熱が続いており、帝王切開した傷の痛みも激しく、起き上がることさえできなかった。

そうしてようやく生後三日目に、「赤ちゃんに会いに行っていいんですよ」と看護師から声をかけられ、光は天聖の顔を見に新生児室に行った。ようやく会えた喜びもつかの間、何かがおかしいと感じた。体が小さいだけではなくて、他にも異常があるのではないかと不安になった。

光が何か赤ちゃんに病気がないかを尋ねると、

「私たちからは詳しいことは言えないので、先生から話を聞いてください」

と新人の看護師は複雑そうな顔をして下を向いた。

看護師から話を聞いたのだろうか。すぐに小児科医から説明があるためカウンセリングルームに来てくださいと、光と晃は呼び出された。やはり天聖には何か異常があるのかもしれないと、光は胸が押しつぶされそうになった。何かはまだわからない。けれども、羊水検査までして問題がなかったのだから、ダウン症だけではないのだと信じていた。

小児科医はカルテを見ながら話を始めた。

「赤ちゃんの心臓と腎臓はエコー上、問題ありません。低血糖に対しては点滴を行っていいます。今の問題としては便が出にくいことで、ヒルシュスプルング病が隠れているかもしれません」

ヒルシュスプルング病とは、消化管の動きを制御する力を持つ腸の細胞が生まれつきない疾患だ。天聖は生後二十四時間排便がなく腹部が膨満していたため、肛門刺激と浣腸による排便コントロールをしているという。

「それから呼吸機能が十分に働いておりません。新生児遷延性肺高血圧症、一過性骨髄異常増殖症……」

小児科医が口にした疑われる疾患の数は十にも及んだ。

「そして最後に二十一トリソミー。いわゆるダウン症です」

光は耳を疑った。これまで告げられた深刻な疾患の数々はダウン症に起因するものだ、と医師は説明している。けれども、妊娠中に羊水検査を受け、ダウン症ではないことを確認したではないか。

「どうして？　私は遠藤先生のところで羊水検査をして異常はないと言われました。その結果を覆すような何かがあるんですか？」

小児科医は言いにくそうに言葉を発した。

「それは検査した遠藤先生の勘違いだと思います」

小児科医が妊娠中のカルテを遡って調べなおしてみたところ、羊水検査の結果には確かに二十一トリソミーだと書かれていた。ダウン症とは、通常では二十三対、計四十六本ある染色体のうち、二十一番目の染色体が三本あるため染色体の数が計四十七本ある疾患だ。検査レポートに添付されていた染色体の核型写真にも、あきらかに二十一番の染色体が三本あった。

「今、遠藤先生が別室に来ているのですが、呼んでもいいですか?」

光は声を発することもできず、頷《うなず》くしかなかった。

**「でももう生まれているのだから」**

ここに四枚の手書きで書かれた函館五稜郭病院での診療記録がある。この日の光と晃が医師とどのようなやり取りをしたかが看護師によって詳細に記されている。それは重々しい告知の現場であった。

小児科医が一旦席を退出すると晃は口を開いた。

「もしダウン症なら諦めようと話して検査を受けたのにな。自分たちがいなくなった時、子どもたちに大変な思いをさせることになるし」

「でも、もう生まれているのだから……」

光はそう言って、静かに声を殺して涙を流した。ダウン症の子どもを受け入れられないものの、その存在自体を否定することには葛藤があった。

遠藤医師がカウンセリングルームに入ってきて、腰を下ろした。

「四月十四日に羊水検査をして、結果がこのように出ています」

そして、天聖がダウン症であることを示すデータを遠藤医師自身が読み上げた。四カ月前には言わなかった言葉――。

「このように染色体異常があるという結果が出ているのに、大丈夫だと話してしまい、まったくの解釈の誤りでした。本当に申し訳ないと思っています」

遠藤医師は頭を下げた。

検査結果報告書には「染色体異常が認められました」と明らかに書いてあるにもかかわらず、それを見落としたという杜撰なミスだった。二枚ある検査レポートの一枚しか見ていなかったと遠藤医師はのちに弁明している。

「自分たちは検査で陽性ならあきらめようと思っていた。もう生まれたから……もしわかっていれば……」

晃の途切れた言葉を、遠藤医師が引き取る。

「わかっていれば中絶できたと思います。とりあえず、医師会事務局には報告してあります。本当にショックであったと思います。今言えることは本当に申し訳ないということと、これから先のことをどう考えていくかです」

晃は行き場のない怒りをどのように表していいかわからない様子で、小児科医に顔を向けた。

「このように検査結果を勘違いしたまま出産に至るケースはあるのでしょうか？」

「もともとダウン症の数は少なく、検査データの表記も今回はわかりにくい。自分は勘違いしたまま出産というケースに当たったことはありません」

小児科医の答えに継いで、遠藤医師は弁明する。

「ここ最近、正常変異という結果が出るケースが続いており、その都度データを確認していたが、今回はしていませんでした。週が明けたら医師会と相談し、今までこのような症例があるのか、今後どうしていくのか、お子さんが将来、幸せにいい人生だと思えるように心を尽くしたいと思います」

ダウン症と呼ばれているダウン症候群とは、染色体異常の中でもっとも発生頻度が高い疾患だ。知的障害、先天性心疾患、低身長、肥満などを発症する可能性がある。現在のところ根本的治療法はないが、合併症の外科的手術や治療薬の開発から、平均寿命は五十歳を超えている。

一方、正常変異とは、染色体の形態に変異があってもその名の通り正常な状態で、問題のないものを指す。光の検査結果には、九番染色体の一部が切れて逆につながってしまう、いわゆる九番染色体逆位と呼ばれる変異が記載されていたが、これは人口の一〜

二パーセントに認められる正常な範囲の変異である。

遠藤医師は正常変異に注目するあまり、ダウン症だという検査結果を見落としていたのだろうか。

晃は間髪をいれずにこう反論した。

「検査でわかるって言われたからやったのに……ただの見落としってことですよね」

「一週間前に羊水が少なくなっており、赤ちゃんを救うためにこういう形になりました」

遠藤医師は、自分の単純な見落としと帝王切開での緊急出産を、故意なのだろうか、混同して説明している。そしてこう続けた。

「自分も三日間、どう説明するか悩んできましたが、ご両親やお子さん、周りの皆さんが、できるだけ幸せに、というようなことしか考えられません。大変なことを言われたばかりで、考えがまとまらないのですが……自分にペナルティもあるかと思います。怒りもおさまらないでしょうし、いつでもお話をします。今お話ししても解決できないと思うので、情報をまとめます」

光と晃は無言のまま頷いた。そうするしかなかった。ショックと怒りで混乱していたが、感情を必死に飲み込んだ。他にどうすればいいのか、想像もつかなかった。何を言うことができるのだろうか。

その日の午後、看護師長が光の部屋に様子をうかがいにきた。

「もっとはっきり強く言っていいんだよ」

師長がそう言ってくれて初めて、光はようやく困惑した自分の気持ちを吐き出すことができた。

「もしダウン症だったら産まない選択をするつもりだった。障害を持って生きていくのはかわいそうだし、上の子も先々ずっと弟の面倒を見ていかなければならない。何より、自分が障害を持った子を育てていける器ではないから。でも遠藤先生にも奥様にも上の二人の出産のときから良くしていただいているし、怒っても仕方がないと思っている」

**ダウン症だった**

その二日後の九月六日、再び光夫婦と遠藤医師との面談の場が函館五稜郭病院で持たれた。この時のことも診療記録には会話形式で残されている。

この日は、クリニックの事務長である遠藤医師の妻と小児科医、助産師も立ち会った。

「前回お話しして以降、今日までのことをご説明します」

遠藤医師は淡々と話し始めた。

「医師会に報告し、カルテ、検査データ等の書類を提出しました。懸案事項が多いので、時間を要しますと言われました。またご報告します。お母さんはそろそろ退院だと思いますが、入院費の方は私どもで出させていただきますのでご連絡ください。それから赤ちゃんはどういう具合でしょうか？」

小児科医が引き継ぐ。

「便が出にくいため、引き続きヒルシュスプルング病が疑われますが、生検をしてみなければ確定診断はつきません。もう少し大きくならないと生検できないので、それまでは便を出す処置をしなくてはなりません。もうひとつ問題は、先日もお伝えしましたように一過性骨髄異常増殖症が疑われます」

これはダウン症児特有の症状で、白血病の様に血液中の白血球数が一時的に増加する疾患であり、十五パーセントから二十パーセントが白血病を発症するのだという。確定診断するには骨髄穿刺《せんし》が必要だという説明が続いた。

「この二つについては診断がつけば、治療法ははっきりしているので治療できます。そうすると、あとはダウン症、普通のダウン症となります」

ダウン症自体は、現在の医療では治療方法はなく、一生抱えていかなければいけない。

静まり返った部屋の空気を遮るように、遠藤医師の妻が謝罪を口にした。

「いろいろつらい思いをさせてしまって申し訳ありません。うちの病院に来るのは嫌かもしれませんが、なんでもおっしゃってください。お手伝いさせていただきたいと思っていますので」

「二人目と三人目の子の出産時に、遠藤先生にとてもお世話になって良くしてもらったのに、今回こんなことになって残念です。奥様にも子育てサポートでお話を聞いてもらったりしていたので、本当に残念です」

控えめに話す光の言葉に被せるように、晃は声を発した。

「今、いろいろ考えてわからなくなっています。選択肢として施設で見てもらうということもありますよね」

何も言わない遠藤医師の代わりに、小児科医が答えた。

「いろいろな事情があって、乳児院に預ける方もいますので、選択肢と考えても良いと思いますが、それは児童相談所の範疇なので、そちらに相談ということになります」

「まず今はお母さんの体を回復させることと、赤ちゃんの体重を増やすことだけ考えましょう。あとはその時々で考えていきましょう」

助産師がやんわりと引き取ると、光も「そうですね」と頷いた。

「これからも面談の時間を持ちたいと思っていますが、どこでお会いしたら良いでしょうね」

遠藤医師の問いに、晃は「病院に伺ってもいいです。近いですから」と答えた。遠藤医師は妻の携帯電話の番号を書いたメモを渡した。

## ゼロにしてほしい

その日の夜、病室で光と晃は面談について話をした。

「責めたい気持ちはある。異常があれば産まない予定だったから。だけど、責めてもしょうがないと思う。生まれてしまったし、親は自分たちだけだから……。だけど、どうしたらいいかわからない」

晃が話すと、光は感情を爆発させた。

「ゼロにしてほしい。なかったことにしてほしい。あの子をかわいいと思えない。良い母を演じているだけだと思う。乳児院の話をお父さんがしてくれて、気が少し楽になった。家に連れて帰って、世話を全部するのかと思ったら、気が変になりそうだったから」

そのように話しながらも、これから天聖を育てていかなければいけないのに何を言っているんだろう、と光は自分を責める思いも持った。

妻を励ますように晃は言った。

「あんまり先のことを考えるのはやめよう。とりあえず、今のことを考えよう。遠藤医師と会っても、正直何を話していいかわからないんだよね。でも、こんなことで困っている、これを助けてほしいと伝えよう。いつでも相談に乗ると言っていたから」

このような会話までもが看護師によって診療記録に記されていた。

そんななかでも、天聖は生きようともがいていた。翌日の九月七日、心嚢《しんのう》に水が溜まって、呼吸ができなくなりつつあったため、NICU（新生児集中治療室）がある地域で一番大きな病院である函館中央病院に緊急搬送されることになった。

天聖は母乳を吸うことができずに、胃にチューブを通してミルクが与えられていた。母乳を吸う赤ちゃんがいないと母親は乳腺炎になりやすい。予防のための母乳マッサージを助産師にしてもらいながら、光は天聖についての思いを吐露した。

「あの子にとっていちばんいいところで治療するのがいいですよね。今は上の子のことが心配です。正直、まだまだ気持ちが整理できない状態です。面会は行きたいんですけどね……」

函館五稜郭病院の産婦人科の主治医は、保健所に対して「母子支援連絡票」を送って、支援を依頼した。

〈児の状態が予想外だったため受容できず、養育についても考えられない状態のようです〉

〈母乳を絞り（分泌良好です）冷凍パックを作ったり、夫婦で保育器の児に面会に来たりと一見変わりなさそうに見えましたが、「かわいいと思えない」「おっぱい搾っているのもいい母親を演じているのかもしれない」などと言いほんとうの気持ちが掴めないまま退院となりました〉

**この子は、生きたいからがんばっている**

函館中央病院のＮＩＣＵに入って一ヵ月ほどすると、天聖はもうすぐ退院できるのではないかと思えるほど回復した。

その時、光はたった一度だけ天聖を抱っこすることができた。ＮＩＣＵの中で、ほんの短い時間だけである。それまでは保育器に手を入れて、肌を撫でるだけしか触れ合うことはできなかった。

天聖を抱いた光は、ガラス越しに見守っている上の三人の子どもに笑顔を向けた。

「ほら、天ちゃんの足はこうだよ」

赤ちゃんの足が大好きな長男のために、天聖の足を持ち上げて見せた。

長男も笑顔で「うんうん」と頷いていた。

だが、それから瞬く間に、天聖の容態は悪化の一途を辿ることになる。

白血病かどうかを検査する骨髄穿刺に際して、北海道大学から専門の医師がやって来た。ＮＩＣＵの主治医からはこう告げられた。

「検査によって骨折するかもしれないが、覚悟してください。骨折して治ることのできない子であれば、その子の寿命です。諦めてください」

腹水が溜まってお腹は膨れ上がっていった。水の行き場がなくて、小さな体に比して臍《へそ》は異様に外に大きく飛び出している。表皮が脆《もろ》くなっているために、腹の皮は脱皮するように剝けてしまった。

苦しさからか天聖はもがき、命綱である呼吸器を外そうとしてしまうために、薬が投与されてほとんど眠った状態にされている。

光は励ましてあげたいと思っても、もはや保育器からでさえ我が子に触れることもままならない。

「生きているというよりは、生かされているだけだ……」

もう助からなくてこの子があまりに痛いだけなら、かわいそうだから治療をやめられないかと光は思った。それでも懸命に助けようとしてくれている医療スタッフの姿を見ると、そんなことは言い出せなかった。

面会には毎日通った。上の三人の子どもたちはＮＩＣＵに入ることはできないため、病院のロビーで待たせておいて、夕食は持参したおにぎりをそこで食べさせた。

そんなふうに見舞いに行きながらも、光は障害のある子を受け入れることができない自分を責める苦しい日々が続いた。何もかもが嫌になって一度か二度、病院に行かなかったことがあった。嫌になるのは、子どもを受け入れられない自分自身の心だった。

「障害を持っているからこそ愛おしく思えるという話も聞くけれど、そんな気持ちになれない。どこがかわいいのか。五体満足のほうがいいと思うのは当然ではないか」

光は小さな声で呟いた。

このままではいけないと思った光は、函館市にあるダウン症親子のグループに自ら電話をして、見学に行った。愛情を持って子育てをしている母親に会いたかったし、天聖が大きくなったらどんなふうに成長していくのかも知りたかったからだ。障害児専門のリハビリテーションセンターに電話したり、上の子が通う保育園に天聖の入園に関して相談をしたこともあった。気が早いかもしれない。けれども、どんな小さなことでもいいから未来を見たいと光はもがいていた。

そして、苦しくても必死に生きようとする我が子の姿を毎日見ているうちに、少しずつ気持ちが変わっていった。

剝がれた皮膚はどれほど痛いだろうか。光には腹の上でステーキを焼いているような痛みのように思えた。大人でも涙を流す骨髄穿刺を何度もされてどれほど苦しいだろう。息をすることさえ困難で、排便も一度もできずに、どんなにつらいだろうか。包帯でぐるぐる巻かれて動かないようにされた手をどれほど自由に動かしたいだろうか。それなのに、苦しい処置をされても泣くことさえもできない……。

何のためにこの子はここまでがんばるのだろう。光はその答えに辿り着くと、叫び出したい衝動に駆られた。

「生きたいからだ。生きようとしているのだ。私たちのもとに帰って来て、我が家で過ごしたいからなんだ」

# 第三章　ママ、もうぼくがんばれないや

**ついに力尽きた天聖を光は我が家に連れて帰る。「ここがお兄ちゃん、お姉ちゃんと一緒に寝る寝室だよ」。絵本を読み聞かせ、子守唄を歌い、家族は最初で最後の一夜を過ごす。**

一人で死を迎えるまで何もしてあげられない。

その無力さに光は苦悶していた。

天聖の病状で最も問題となったのは、白血病に似た症状である一過性骨髄異常増殖症であった。未熟な白血球が末梢血で発生するもので、ダウン症に合併することが多い。

こんな姿にならないと子どもを受け入れることができない自分が情けなかった。元気になって家に帰ってきたら、「よくがんばったね」と言って、思いっきり「天聖」と名を呼んで、腕に抱きしめてあげたいと思うようになった。

だが師走に入ると、さらに容態は一気に悪化の一途を辿る。年を越せるのだろうかと光は不安になった。

血液の凝固機能が低下する播種性血管内凝固症候群（DIC）を併発し、輸血が繰り

返された。痰を取るだけで出血し、口中が鮮やかな赤色に覆い尽くされる。尿道からも出血し、尿も真っ赤になった。体のあちらこちらから内出血して、体全体が紫色に変わっていた。

光は天聖が使っている点滴にしても薬にしてもすべてメモをとり、自分で調べ、わからないところはNICUの小児科医に質問した。

徐々に肝機能が悪化して肝線維症を発症した。それに伴い、腹水もさらに溜まっていき、むくみは下肢、上肢、ついには頭部にまで進んでいった。

「先生、この状態から回復できるとしたらそれは奇跡ですよね」

小児科医に、光は気持ちをぶつけた。

後から振り返れば、ずいぶん失礼な話だったと光は省みる。懸命に助けようとしてくれる医師の前で奇跡だなんて言ってしまって……。しかしどう考えても、ここから回復できるようには思えなかったのだ。「おうちに帰ろうね」と光は我が子に話しかけていたが、こんな姿でどうやって帰って来られるのかというのが本当の気持ちだった。

面会から帰ると、毎日光は夜中まで天聖の病気のことをパソコンで調べていた。その夜も同じように調べものをしていると、光はふと天聖の声が聞こえた気がした。

「ママ、もうぼくがんばれないや」

聞いたこともない天聖の声——。

その夜は天聖のことが心配で眠ることができなかった。

翌日、光は急いで病院に向かった。いつもはインターフォンを押せばすぐにガウンを羽織ってＮＩＣＵに入れるところを、「ちょっと待ってください」と看護師に言われ、そのまま小一時間そこで待たされた。

「どうぞお入りください」

ようやく会うことができた天聖は人工呼吸器がつけられていた。

光がインターフォンを押す直前に、腹水が肺を圧迫したことにより天聖は呼吸停止していたのだった。そのため医師や看護師が慌てて人工呼吸器を装着している最中だったという。それから人工呼吸器が外れることはなかった。

それでも、天聖は生きようとした。生きていた。

光は無力な自分を責めた。

「この子は一人で死を迎える恐怖を乗り越えるしかないのか。死はどれだけ苦しく、どんなに重いことなのだろう。泣くことさえできず、痛みを表現することもできないなんて……」

いつも薬で眠らされていた我が子とは、一緒に泣いてあげることさえできない。

「楽になったね。がんばったね」

十二月十五日、この日はひときわ寒い日で、朝から音もなく雪が降り始めた。

その知らせがいつ来てしまうのか——。

光は携帯電話をトイレに行く時でさえ持参し、いつも肌身離さず持っていた。それなのに、その日に限って携帯電話を一階のリビングに置き忘れて、二階の寝室で三人の子どもたちを寝かしつけ、自分も疲れから知らぬ間に一緒に寝入ってしまっていた。

夜半近くの十一時半に目を覚まし、携帯電話を確認すると何度も病院から留守番電話が入っていることに気がついた。慌てて電話を折り返した。

「天聖くんの心臓が止まりました。すぐに来てください」

「わかりました」

光は短く答えて、電話を切った。手足が震えた。眠っていた父親を起こして子どもたちのことを頼み、雪の勢いが増す氷点下十度近くの凍てつく中を、光と晃は病院に車を走らせた。

病院に到着したのは、日付が変わった午前零時過ぎであった。

天聖は死んではいなかった。両親が到着するまで天聖の心臓マッサージが続けられていたのだ。けれども、目の瞳孔はすっかり開いていた。

死んではいなかったけれども、生きてもいなかった。

医師が心臓から手を放すと、モニターはまったく反応しなくなった。

「ご臨終です」

日本の医療においては、家族に見送られて旅立つことが良いこととされているのだと光は愕然とした。自分たちが到着するまで死ぬことを待たされていた我が子を思って、光は泣き崩れた。

〇時八分、天聖は三カ月半の短い命を閉じた。ダウン症による一過性骨髄異常増殖症から肝不全をきたし、さらには無気肺となり、敗血症も併発して死亡したとのことだった。

「私たちに残された思い出は何もなかった。生まれた時に取った足形がひとつとへその緒と、そして亡くなった時に切った髪の毛一束。たったそれだけ」

光は体中の力が抜けて、自分の体がここに実在するのかさえわからなくなる感覚に襲われた。

天聖は亡くなったことが確認されると、体中の管がはずされた。

光はようやく我が子を遠慮なく抱きしめることができた。

「楽になったね。がんばったね」

体の温もりは残っていた。

「お風呂に入れてあげようか」

短い生涯で風呂に入ることが一度もなかった我が子。病院で沐浴をさせてもらった。血やテープの跡がたくさんついて傷だらけになった体を、光と晃は「天ちゃん、お風呂はあったかくて気持ちいいね」と声をかけながら丁寧に洗ってあげた。水が溜まった頭は大きく腫れあがり、腹の皮膚はめくれ落ちている。それでも、もう痛くはないんだと思うと光は悲しかった。

〈親である私たちでさえ死を迎える痛みや苦しみを知らないのに、この子は一人で乗り越えたことを心から褒めてあげたい〉

のちに、光はこの時の思いをこう綴っている。

家族三人で過ごしていた部屋に、二時間ほどすると小児科医がやって来た。

「大変言い辛いことなのですが……天聖くんの解剖をさせていただけませんか？」

光は同意した。どうして天聖は三カ月の短い生を閉じたのか、なぜ死ななければならなかったのか、はっきりと原因を突き止めたかったからだ。

けれどもその一方で、あれほど頑張った小さな体の解剖に同意できるのは、染色体異常を持った子どもだから母親としての愛情が薄いからではないか、と光は自分を責める思いも拭えなかった。

## 解剖

翌朝は解剖だった。

「解剖するところを見せてくださいとは言いませんから、解剖した臓器はすべて見せてください」

光は医師にそう頼んだ。天聖はなぜ死んだのか。どうしてこんなことになったのか。自分の目で最後まで見届けたいと思ったのだ。

朝の八時から始まった解剖の間、地階の解剖室の前の長椅子で光は待っていた。通りがかる人は誰もいないうす暗い廊下はひんやりとしていた。病院の喧騒は遠のき、音のない世界に迷い込んだかのように静まり返っている。光は世界で一人ぼっちになったかのような思いがした。

扉が開いて、医師が出てきたのは十時頃であった。光は白い服を羽織り、長靴を履くように指示された。

解剖室に入ると、天聖の亡骸《なきがら》はすでにそこにはなかった。腹に詰め物を入れて縫合されて、ストレッチャーで病棟に運ばれたようだった。

解剖した医師と、主治医であった小児科医が、小さな肺と肝臓を見せながら説明をしてくれた。開腹したら、行き場のなかった水がざざっと流れ出てきたこと。臓器はいずれも、想像していたよりも状態は悪くなかったということ。

我が子の肺は赤くて、親指と人差し指でつまめる程度の小ささであった。肝臓も思ったより線維化が進んでおらず、緑っぽい色をしていた。

我が子はここにはいない。迎えに行って、家に連れて帰らなくてはならない。そのためにあの子はがんばったのだから。

血と薬品の匂いの入り混じった解剖室から光は飛び出した。


「表玄関から帰ってくださいね」


天聖は、三階の小児科病棟で横たわっていた。

母親が付き添っていることが多いためか、洗いたての洗濯ものの香りが漂っている。その穏やかな光景と我が子の状態とのギャップに、光は胸が締めつけられた。

「よくがんばったね」

看護師長が見送ってくれた。

「抱っこして表玄関から帰ってくださいね」

裏口から帰ることになるだろうと光は思っていたから、その言葉を聞いて驚いた。

「え、裏口じゃないんですか？」

そう聞き返したが、

「表から帰ってもらうことになっているんです」

師長はそのように繰り返すのみであった。

退院する日に着せようと思っていた純白のレースの飾りがついた産着を纏った天聖を腕に抱いて、光は一階に降りるエレベーターに乗った。

乗り合わせた老夫婦は「まあかわいい赤ちゃん」と顔を覗き込んだ途端、凍りついた表情をした。天聖の顔はどす黒く、頭は異常に腫れ上がっている。亡くなっていることは、誰の目にもわかる状態だった。

光はとっさにフリルのついた白いベビー帽を目深に被せた。しかし、隠しきれるものではない。

昼時の病院は外来患者で混雑していた。その人たちの間を縫って、美しい純白のベビードレスを着た亡骸を抱きながら、光は正面玄関まで歩いて行った。みなが顔をしかめた気がした。数十メートルの距離が、永遠に続く長い道のりのように思えた。

## 初めての我が家

そのようにして、ようやく天聖は光の家に帰って来た。

天聖にとっては初めて帰る我が家には、真新しい大きなクリスマスツリーが飾られていた。四番目の子どもだと洋服もおもちゃも何もかもがおさがりになるので、クリスマスツリーくらいは天聖のものを新しく買ってあげようと夫婦で話し合い、随分前から退院の日のために飾っておいたものだった。

光は天聖をずっと抱きっぱなしで、ひと時も離すことはなかった。ツリーの前でも、居間でも、家中のあちらこちらで天聖と一緒に写真を撮った。

一番下の三歳の子どもは、「天ちゃん、おうちに帰って来たんだね」と喜んでいる。

「ママ、何で泣いてるの？」

「もう天ちゃんに会えないからよ」

「天ちゃん病院にまた帰るの？　それなら病院に行けばまた会えるよ」

三歳児は無邪気に笑って、息絶えている弟の手を取る。弟が家に帰ってきたことが嬉しくて、体中を撫でている。五歳の長女は不思議そうに弟を見ている。一方、小学生の長男は、何度も光が促しても天聖に触れようとはしなかった。

三人の子どもたちはガラス越しに面会するだけで、存命中に弟に触ることは一度も許されなかった。

長男は天聖が生まれる前から、光の大きなお腹に耳を当てて、「天ちゃん、お兄ちゃんみたいに勉強できなくなっちゃだめだよ」「天ちゃん、元気に生まれておいで」と話しかけていた。「早く赤ちゃんの足を触りたいな、匂いを嗅ぎたいな」と心待ちにしていた。

しかし、ガラスを取り去って初めて会う時には、弟は息を引き取って冷たく硬くなっていた。

「ここが家族みんなで過ごしたり遊んだりする居間だよ。ここがお兄ちゃん、お姉ちゃんと一緒に寝る寝室だよ。ここは水遊びができるお風呂だよ」

光は天聖にそう話しかけながら家の中を見せて回り、絵本を読み聞かせ、子守唄を繰り返し歌い続けた。その日のことは無我夢中で、絵本の題名も、歌の名前もはっきりしない。けれど、三人の子どもたちが赤ちゃんの頃から自分が歌って聞かせてきたものと同じだったであろうことは覚えている。

いつも子どもたちが泣いた時に歌って聞かせた歌。

自分が幼い時に母親から歌ってもらって安心した歌。

むくみがとれた天聖は別人のように穏やかな顔をしていた。

「天ちゃん、よくがんばったね」

光は天聖を力いっぱいに抱きしめた。

三人のきょうだいたちと天聖はみんなで布団を並べ、初めてであり最後でもある夜を過ごした。

# 第四章　障害者団体を敵に回す覚悟はあるのですか？

**天聖が亡くなると遠藤医師はとたんに冷たくなったように夫妻は感じた。弁護士を探すが、ことごとく断られる。医師から天聖への謝罪はなく、慰謝料の提示は二〇〇万円だった。**


自宅の八畳間にある神棚に白い花が飾られただけの葬儀は、家族だけでひっそりと行われた。

「ここが苦しかったね。ここが大変だったよね。がんばったね」

天聖の体中をぐるぐる巻きにした包帯からのぞく傷跡を、納棺する時に光は一つひとつ撫でていた。

「ここが痛かったよね。ここがひどかったんだよね」

痛かったところを思う存分さすってあげる。生きている時はそんなことさえできなかった。

自宅の電話が鳴った。

「これからお伺いしてもいいですか？」

遠藤医師の重い声であった。天聖が亡くなったことを小児科医から聞いたという。

ほどなくして、遠藤医師夫婦が供花を持ってやって来た。

遠藤医師の妻は冷たくなった天聖を見て、「何度もつらい思いをさせてごめんなさいね」と呟いた。

けれども、遠藤医師はずっと下を向いたままで何も言わなかった。たった一言でさえ、苦しんで死んでいった天聖に声をかけてくれなかった。天聖に触れようともしなかった。

光はめまいがするほどの嫌悪感を持った。

「本当は申し訳ないと思っていますと言って謝ってくれたら……そうしたら穏やかにあの世に送り出せるかもしれない。それなのになぜ天聖に触れもしないのだろう。なぜ一言も声をかけないのだろう」

言葉を発することなく、遠藤医師はすぐに帰って行った。


火葬場には家族と光の父親の友人数人だけで向かった。

光は喪服を着ないで、黒いブラウスに黒のデニムパンツを穿き、黒いジャケットを羽織った。

マイクロバスで自宅から火葬場に向かう時、父の友人の女性が言った言葉を忘れることはできない。

「こんな寒い日に死にたくないわよね」

この日も雪が降っていて、日中の気温も氷点下を超えない。通り道では、いつものように近所の子どもたちが雪遊びをしている。

「あ、あの人泣いている」

無邪気な子どもの声が耳に届いた。

火葬場に着くと、光はまず母乳を絞った。子が亡くなってもなお、母乳は主を愛おしむようにたっぷり出続けている。

あの世で食べるものがなくてお腹がすかないようにと、遺体と一緒に母乳の入ったビニール袋を入れた。きょうだいが書いた手作りのクリスマスカードも一緒に添えた。

火葬している間、光はずっと外に出て、黒い煙が空に上っていく様を見ていた。

「ああ、これで本当にお別れなんだ……」

心配した晃が「寒いから、中でみんなと待とうよ」と迎えに来た。だが、光はそこから動こうとしなかった。それまで感情を露わにして激しく泣くことはなかったが、その日は滂沱《ぼうだ》の涙が出た。周りには誰もいなかった。

天に吸い込まれていく最後の煙の一筋まで見届けたかった。

## 「障害者団体を敵に回す覚悟はあるのですか？」

遠藤医師との話し合いは不可思議とも思える経緯を辿った。

天聖の存命中に、遠藤医師はこう切り出したという。

「落ち着いて聞いてください。弁護士に依頼して、何らかの訴えを起こしてください」

家族が訴えを起こさない限り、医師会に設けられている医事紛争処理委員会と保険会社が動くことはできないというのだ。

「弁護士さんと言われましても……どなたか先生のお知り合いでいらっしゃいませんか？」

光がそう尋ねると、遠藤医師は「さあ」と首をひねるばかりであった。

光は父親や知人の紹介で、函館だけではなく、札幌や名古屋、東京や横浜の弁護士に相談してみた。だが、

「障害者団体を敵に回す覚悟はあるのですか？」

「生きている我が子を目の前に、生まれてくるべきではなかったと言い続けられるのですか？」

と言われ、ことごとく断られた。

そしてこう問い詰められたこともあった。

「子どもがダウン症なのは誰のせいですか？　医師のせいですか？　その子どもはそういう運命だったのではないですか？」

「子ども自身が僕は生まれてきたくなかったと言ったんですか？　どうして産んでくれたの、死にたかったと言ったんですか？」

光は、誤診について医師に謝ってほしいだけなのに、どうして我が子の命を否定することになるのだろうかとショックを受けた。どこの親が、目の前にいる我が子の命を否定できるのだろうと戸惑いを感じた。

さらに、B型肝炎訴訟に携わった弁護士にも相談した。患者の味方になってくれると思ったからだ。しかし、その弁護士は「興味はあるけれど、やめた方があなたのためだ」と忠告した。

「法律では胎児の異常を理由としての中絶は認められていないのです。法律家は法律でしか動けない。訴えを起こしても難しい訴訟になると思いますよ」

**「私はピュアに謝罪したい」**

光は、それでもまだ遠藤医師は自分たちに寄り添ってくれると信じていた。

「法律なんて関係ない。私はピュアに謝罪したいと思っているのです。お子さんを一緒に育てていきたい」

遠藤医師は力強い声を出した。

「弁護士に頼むようにと仰いますが、訴訟費用はどうすればいいのでしょうか」

心配になった光が尋ねると、遠藤医師は胸を叩いた。

「言わせないでください」

ポケットマネーで何とかするという意味なのだろうと、光は受け取った。

「お父さんにもご挨拶したい」と遠藤医師が言うため、遠藤医師と光の父親が話をしたこともあった。

父は「先生、おいくつ？」と尋ねた。

「五十九歳です」

「なんでぇ。先生はそんなベテランじゃないかい。どうしてそんなミスしたんか」

遠藤医師は黙って下を向いていた。

「この度は迷惑をかけましたから……。裁判になるとかならないじゃなくて、これからも何でもいろいろと話してください」

親身になってくれていたかのように見えた遠藤医師があきらかに態度を変えたのは、天聖が亡くなってからだと光は思っている。手のひらを返したかのように冷たくなったと感じた。

## 医師の代理人から二〇〇万円の提示

〈お児様が亡くなられたので養育費（財産的損害）は検討しなくてよいので、慰謝料のみが問題となります〉

〈検査結果を誤解せずに伝えていたとしてもご夫婦の精神的負担と奥様の肉体的負担もあったはずであり、検査結果を伝えなかったことによる精神的負担とどの程度の差異があるのかも不明です〉

医師の代理人である佐藤憲一弁護士からは、そのような文面とともに二〇〇万円という金額が提示された。天聖に対しての慰謝料は一切なく、それは光夫婦に対しての慰謝料であった。天聖が死んだために、切り捨てられたのだと光は思った。

「検査結果を誤って伝えられたからこそ天聖はこの世に生まれてきた。それで天聖が大きな苦痛を味わったことはまぎれもない事実なのに……」

あれだけ苦しい思いをしてがんばった我が子に対してはどう謝罪されるのか。金額ではなく、謝罪の問題に光はこだわっていた。そして、誤診によって天聖の兄や姉をも苦しい立場に追いやったことの責任も重いと考えていた。

「できれば天聖のことは私たちの心の中だけにしまっておきたかった。中絶していれば、戸籍には残らないでしょう。けれども、障害を持って生まれて亡くなった子は戸籍に残る。それが天聖の兄や姉が将来結婚をするときに何らかの妨げにならないかと心配になるんです。私が羊水検査をするときに遠藤医師から『親戚でどなたか染色体異常の方はおられますか？』と聞かれました。同じ質問を子どもたちが投げかけられたときにどのように答えるのでしょうか」

ダウン症の約九十八パーセントは遺伝するものではなく、偶然起きる染色体の疾患である。天聖は遺伝性ではない標準トリソミー型であった。それでもなお不安を拭い去ることはできなかった。

しかし、遠藤医師側からはきょうだいについてこのような回答が送られてきた。

〈ダウン症児を出生したことによる他の兄弟姉妹等への精神的影響をも考慮すべきと主張していますが、妊娠した子どもがダウン症児であったことに変わりはないので、この児を中絶するか出産するかによって慰謝料が発生するか否か、あるいは、その金額が変わるとするのは納得できません〉

それでも遠藤医師は二〇〇万円という金額について、光と晃にこう言っていた。

「話になりません、あまりに安すぎると思います。この金額ではあまりに話にならないから、増額の交渉を依頼してください」

遠藤医師は金額を決定するのは保険会社と医師会の医事紛争処理委員会だと伝えた。その言葉を受けて、光は慰謝料の増額を交渉したが、医師会や保険会社からの回答は二〇〇〇万円が上限であると弁護士を通じて繰り返されただけであった。

## 「ずるいのはそっちでしょう」

光は、弁護士や医師会の意見ではなくて、もう一度遠藤医師本人に直接会って、今でも自分たちに寄り添ってくれる気があるのか聞きたいと思った。

以前、遠藤医師に、

「先生、あの子が亡くなる前の姿を見てくれましたか？」

と尋ねると、遠藤医師が言い放った言葉が心の重石になっていた。

「いや、見ていません。おそらくこうなると思っていました」

光は「先生の本心が聞きたい」と遠藤医師に手紙を書いたが、返事はなかった。メールを出しても、連絡はなかった。

業を煮やした晃が遠藤医師に直接電話をかけた。しかし遠藤医師は、

「会うことはできません。お話しすることはできません」

と繰り返すばかりであった。以前は、「弁護士に止められていても、私があなた方に

会いたいから会います」と言っていたのに、その豹変ぶりに光は傷ついた。

「自分がミスした証拠がいなくなって清々しているんじゃないの?」

遠藤医師の態度に苛立った晃は、電話越しに言い放った。

「私はまたいつミスするかもわからない。その時、保険が使えなくなっては困るのです」

遠藤医師は答えた。医師が加入している保険によって賠償金が支払われるために、保険会社の決定に背くことはできないという意味のようだ。違反するとその後、医療賠償保険が使えなくなったり、診療に差し障りがでてくることもあるという。

だが、誤診をした遠藤医師が何の痛みも受けずに保険ですべてを賄うことに、晃は割り切れない思いがした。

「僕はあなたに払ってもらいたい。保険会社からならお金はいらない。あなたのポケットマネーから払ってもらいたいんだ。苦しんでもらいたい」

「そういうことは何も言えない。弁護士に止められている」

遠藤医師は繰り返した。

「弁護士に止められているけど会ってもいいと以前は言っていたじゃないですか。示談が終わった後に、先生の個人的な謝罪はあるんですか?」

「言わせないでください。今は何も言えません。わからない」

「それはずるいんじゃないか」

晃が口走ると、

「ずるいのはそっちでしょう」

遠藤医師はそう言い放ったという。

取材の過程で幾人かの産婦人科医は声を潜めた。

「ミスで生まれた子が死んでくれて遠藤さんは助かっただろうね」

遠藤医師の真意はわからなかった。私が幾度も取材を申し込んでも、話を聞かせてはもらえなかった。

「遠藤医師は本当にいい先生で、患者思いの人だ。悪く言う人に会ったことがない」

「大学病院でのキャリアも長く、臨床遺伝学に造詣が深い医師だ」

そのように話す医師もいた。遠藤医師は、光自身も上の二人の子どもを遠藤医師のクリニックで出産し、信頼していた。今回の件でも、最初は親身になってくれていたことを光は信じ続けている。だが、周りからの圧力が強かったのか、それとも保身のためなのか、態度を翻したように感じた。

いずれにせよ、話し合いで解決できる段階を越えてしまっていた。

## 実家の墓に

この地方では、遺骨を骨壺に入れずに、そのまま直に骨を土の中に納める習わしがある。

亡くなった次の年の盆までは、天聖の遺骨は自宅の神棚に置いていた。家に遊びに来た上の子どもの友達に「あれ何？」と尋ねられると、光はどうやって説明していいのかわからなかった。

神棚には天聖の遺影は飾っていなかったが、天聖の写真を入れた写真たてと光は一日中どこへ行くにも一緒だった。朝起きると枕元に置いた写真に「おはよう」と話しかけ、写真たてとともに一階に降りて、食事をする時にも側に置いていた。眠る時はまた一緒にベッドに戻った。

時折、光は天聖の遺骨を取り出して、指で触りながら話しかけていた。けれども、そんな様子を見た父親からは、いつまでも手元に遺骨を置いていては前に進めないと咎められた。

田中家の墓はまだなかった。そのために、天聖は「ふんどし町」の光の実家の墓に埋葬されることになった。

もしも自分が死んでも、このままだと天聖と一緒の墓に入ることはできない。骨のすべてを土に還さずに、一部だけ骨壺ごと墓に入れ、後々分骨するという方法もあるそうだ。けれども、光は自分が死んだ後、残された子どもたちに墓を掘り起こすようなことを頼むことはできないと思った。

何より長男以外の、下の子ども二人は弟がダウン症であったことを知らないのだ。もしも墓を掘り起こすことでそれを知ることとなれば、子どもたちが将来結婚をする相手にも、弟の障害について詳しく説明しなくてはならないだろう。

丘の上にある墓から海を見下ろす。海を照らす真夏の太陽の生命力がかえって光の心を塞いだ。

「でも天ちゃん一人じゃかわいそう。私もこちらの墓に入ろうかな」

今は光の祖父母や母親がこの墓で眠っている。剝き出しの骨のまま眠り、絶えず土に還っていっている。覗き込むと百足《むかで》や毛虫が蠢《うごめ》いていた。

「天ちゃん、私が一緒にお墓に入るまでは、おばあちゃんに面倒見てもらいなさいね」

埋葬する時に光は我が子にそう語りかけ、細くて小さな大腿骨を指に摑み、少し力を緩めると、骨はあまりに小さいために、静かにパラパラと黒い土の中に落ちていった。

その軽さに愕然とした。

それは日本で初めての「ロングフルライフ訴訟」となった。両親の慰謝料だけでなく、誤診によって望まぬ生を受け苦しんだ天聖に対する損害賠償を求めるものだった。

# 第五章　提訴

弁護士はインターネットで見つけた。光と晃は弁護士をパソコンで検索し、幾人かに飛び込みで電話をしたのだ。

引き受けてくれたのは、函館からはるか離れた東京・新宿の高層ビルに事務所を構える佐久間明彦弁護士であった。もしも訴訟となれば、函館に来てもらうために交通費やホテル代、日当など一回に十万円近くの経費を負担しなくてはならないが、地元で引き受けてくれる弁護士を見つけられない以上は仕方がなかった。

「どの弁護士も、誰も引き受けてくれないのです。勝てる見込みがないと言われて」

光が電話で相談すると、佐久間弁護士は力強く言った。

「そんなわけがないでしょう」

光は救われたような思いがして、佐久間弁護士の言葉に縋《すが》った。

佐久間弁護士は東北大学大学院工学研究科を修了して会社員となった後に、司法試験を受けて弁護士になったという異色の経歴であった。

相談は電話で行ってきたが、「一度は無料でそちらに行けます」と佐久間弁護士が言うので、函館のベイエリアにあるビアホールで会うことにした。誰もビールは飲まずに、陽気な音楽が鳴り響くビアホールで薄いコーヒーを啜った。賑やかな場所の方が他の人に話を聞かれないだろうと思ったからだ。

## 論理は法律以前の問題

遠藤医師との連絡は途絶えたままだった。佐久間弁護士と医師側の佐藤弁護士が書面でやり取りするのみとなった。

光としては自分たち両親の苦痛だけではなく、苦しんで死んでいった天聖にこそ、慰謝料を払って謝罪をしてもらいたかった。

しかし、遠藤医師側からはそれに対して次のような見解が送られて来た。

〈この慰謝料の根拠として「幼児が死亡した際の本人の慰謝料」と言うのが、(失礼ながら) 意味不明です。死亡したことについては遠藤医師に責任がないことは明白です。とするなら、遠藤医師の本人に対する責任とは何でしょうか。このことについて、これ

以上議論するのは死者に対する冒瀆（生命への尊厳を損なうこと）になりかねません〉

三週間後には、医師側から再び書面が届いた。

〈医師の過失を否定はしませんが、望まれた誕生ではなく、生まれて早期に死亡し精神的苦痛を受けたとの論理は、法律論以前の問題であり、生命倫理や道義に反する論法だと思います。法律論としては知的障害児について早期死亡の精神的苦痛を認めるか否か、仮にこれを認めるとして、過失との因果関係を認めるか否かであり、判例は見かけませんが、いずれも否定されるべきと思われます〉

光は、〈知的障害児について早期死亡の精神的苦痛を認めるか否か〉という言葉に打ちのめされた。天聖はどう見ても苦しみに耐えながら生きようとし、死んでいったように光には見えたからだ。

「三〇〇万円で訴訟を取りさげてほしい」

結局、医師側からの回答は天聖に対しての慰謝料は検討できず、両親に対しても二〇〇万円から増額はできないというものだった。裁判外ではこれ以上の回答も提出できないとの書面も送られて来た。

これ以上話し合いの余地はなかった。裁判でしか解決できない、と遠藤医師は主張しているのだ。

訴訟を起こすしかない。それは光にとっては苦悩を伴う大きな決断であった。子育てで休職しているが、光は看護師である。医師に楯を突いて、この狭い函館で復職できるのかという不安もあった。しかし、天聖の苦痛と自身の苦しみを解決するためには、もはや法廷という場を借りるしかなくなっていた。

光の父は、

「医者を相手に医療訴訟なんて勝てるわけないさ。個人が大きな組織に勝てるわけがない。ここはお前たちが賢くならなくちゃならねえ」

と裁判を起こすことに反対した。カルテの開示や弁護士の着手金など訴訟準備費用には一〇〇万円以上かかるという。それでも光は自分が直面している矛盾を公にし、裁判所の判断を仰ぎたいと訴訟に踏み切る決意をした。

しかし訴訟を決めると、クリニックの事務長でもある遠藤医師の妻の弁護士が、東京の佐久間弁護士の事務所にまでやって来た。そして、「風評被害が怖いから三〇〇万円でこの訴訟を取りさげてほしい」と申し入れた。

その態度に、光は自分たちはどれほど馬鹿にされているのだろうと憤った。弁護士を立てろと言ったのは遠藤医師であり、金額で折り合わないなら裁判にしろと言ったのも医師側だ。それなのに今さらそんなことを言ってくるなんて……。どれほど悩み、どれだけ大きな覚悟で自分たちが裁判を起こすことにしたのか考えたことがあるのだろうか。もはや涙さえ出なかった。

## 「日本初のロングフルライフ訴訟に当たる」

二〇一三年五月十三日、光と晃は遠藤医師と医院を相手取って夫婦それぞれ五〇〇万円、計一〇〇〇万円の損害賠償請求訴訟を函館地方裁判所に提起した。もしも羊水検査でダウン症であることを正しく伝えられていたら、子どもを産んでいなかっただろう。そうなると、子ども自身も生まれていなかったのだから、苦痛の生を生きなくて済んだという主張だ。

提訴に当たり、損害額を決めてくださいと佐久間弁護士に言われたが、光にはまったく見当がつかなかった。佐久間弁護士が参考になりそうな本を送ってくれ、交通事故で亡くなった場合の金額を参考にした。全損害額は三四七七万七九三〇円となったと訴状では算出されているが、このうちの一部である一〇〇〇万円の支払いを求めた。

特筆すべきは、夫婦に対しての慰謝料のみならず、天聖自身に対する慰謝料をも請求していることだ。訴状には天聖に対する死亡慰謝料として、このような文言が記されていた。

〈被告医院の債務不履行がなければ、天聖が死の苦痛を味わうことなどありえなかったことは明白である。
したがって、乳児としての死亡慰謝料として、天聖には、最低でも二〇〇〇万円相当の精神的苦痛が生じたというべきである〉
つまり、遠藤医師が羊水検査を誤って伝えなければ、天聖はこの世に生まれず、死の苦痛を味わうこともなかったというのだ。
この文言が後に大きな波紋を広げることになる。

生まれなければ死の苦痛がなかった——。

訴状を読んだ後に、私はその意味を理解しきれずに戸惑っていた。

生まれなければ確かにダウン症の合併症による壮絶な死はなかったであろう。だが、生まれないほうが子どもにとって損害が少なかったと言えるのだろうか。

そんな時に出会った生命倫理を専門とする北里大学の齋藤有紀子准教授はこう言った。

「この裁判は、ロングフルバース訴訟であると同時に、おそらく日本初のロングフルライフ訴訟に当たると思います」

私には初めて聞く言葉だった。

「ロングフルですか？」

「ロングフルはWrongfulです」

『出生前診断の法律問題』（丸山英二編）によると、ロングフルバース（Wrongful birth）訴訟とは、子どもが重篤な先天性障害を持って生まれた場合に、もしも医療従事者が過失を犯さなければ、その子の出生は回避できたはずである、と子の「親」が主張して提起する損害賠償請求訴訟である。

一方、ロングフルライフ（Wrongful life）訴訟は、同じ状況において、「子自身」が主体となる。医師の過失がなければ、障害を伴う自分の出生は回避できたはずである、と主張して提起する損害賠償請求訴訟だという。

つまり、障害を持っている「生」と、中絶によって生まれなかったことが比較され、生まれたこと自体が損害に当たると主張するのだ。

自分が生まれたことが損害であり、生まれてきたのは間違いだったのだと——。

これらの言葉は日本語の定訳がない。「不法な出生／生」「不当な出生／生」などと訳される場合もあるが、英語の「ロングフル」のまま使われるのが一般的だ。

アメリカでは胎児診断技術が進歩し、そして中絶を実質的に自由化した一九七〇年代にこのような訴訟が急増。親や子が勝訴する判決も出現した。現在ではロングフルバース訴訟は過半数の州でその成立が認められている。

他方、ロングフルライフ訴訟について、アメリカでは大半の裁判所が成立の可能性を否定している。障害があろうとも生命は法的な損害を構成するものではないことや子どもの障害は医師の過失によって生じたわけではないこと、損害の算定が困難なことなどが判決理由に述べられている。また、二〇一四年の時点で少なくとも十州ではこれらの訴訟を行うこと自体を禁止する法律が制定されている。

ただし、カリフォルニア州、ワシントン州、ニュージャージー州の三州ではロングフルライフ訴訟の成立を州最高裁判所が認めている。子の生命が損害であるかどうかについては直接の言及を避け、障害を負った子を救済する必要性を強調した判決だった。

フランスにおいても、六歳の男児がダウン症の自分は生まれてくるべきではなかったとして、胎児の時に診断した医師に賠償を求めるロングフルライフ訴訟を起こし、二〇〇一年に最高裁判所の判決が出た。その中で、彼の訴えである「生まれてこない権利」は認められ、医師に損害賠償を命じた。その後、このような判決に対して障害者団体や賠償責任を負わされる医師たちから強い反発があり、同様のロングフルライフ訴訟を禁止する法が制定された。その「一条一」には「何人も出生のみを理由とする損害を主張することはできない」と記されている。

日本では、これまでにロングフルバース訴訟については数件行われてきた。先天性風疹症候群については、医師が検査を行わなかった、あるいは検査結果を誤って伝えたために、出産選択機会を奪われ、障害を負った子が出生したとする四例の裁判が知られている。そのうち三件の判決は、障害のある子を産まない選択肢は保護されるべき利益である、と認められたものと解釈できる。

ダウン症についても、ロングフルバース訴訟の例がある。一九九七年に京都地方裁判所は、三十九歳の妊婦の望まないダウン症児の出生をめぐり、親の出産選択に関わる医療者の責任について判断を下していた。これについては、後章で詳しく触れることにする。

しかし、日本においてロングフルライフ訴訟が提起されたことはこれまで一度もなかった。

日本初のロングフルライフ訴訟としてこの裁判は大きな注目を集めることになる。だが、光も佐久間弁護士も、「ロングフルライフ訴訟」や「ロングフルバース訴訟」という言葉を耳にしたことさえなく、提訴の段階でもまったく知らなかったのだ。天聖に対して謝罪と補償をしてほしいと思う心情をそのまま提起したら、このような概念と合致してしまったのだ。

## 「中絶した」と言い切れない

訴状は裁判所に受理された。しかし、光はどうしても直してほしい箇所があると主張し、もう一度裁判所に修正した訴状を提出することになった。

変更したのは、ダウン症だとわかれば「中絶していた」という文言である。それを「中絶していた蓋然性《がいぜん》が高い」と書き直したのだ。

佐久間弁護士からは因果関係がつながらなければ損害として認定されないと言われ、中絶していたと言い切るべきだと強く助言された。裁判上は、法律論上は、そうなのかもしれない。けれども、光は生まれて、死んでいった我が子を、「中絶していた」と言い切ることがどうしてもできなかったのだ。

光は「訴訟を起こした理由」という文書を提訴から一カ月後に、記者クラブに配布した。

〈誤診に対する思い、我が子への思いはそれぞれ心の居場所が違います。しかし、誤診を訴えるという事は、やはり我が子の命を否定しなければいけないのか。産んでいたか中絶を選んでいたか、障害があるかないか、それによって誤診の罪の重さが変わるものではないはず。誤診は誤診なのです。出生前診断の確定診断において、ここでミスをするということは、命や人生を左右する重大責任があるのではないかと世に問いたい。私はこれからの妊婦さんや子どもたちを守りたい〉

そして、最後に天聖を診てくれたＮＩＣＵの医師や看護師への感謝を綴り、こう続けた。

〈訴訟を選んだこと、皆様に申し訳なくも思います。でもわかっていただきたいのです。出生前診断において、暗黙の部分にこれからどう向き合っていくべきか、技術だけが暴走し倫理的なことが置き去りになっていくのを何とかしたい思いでいます。出生前診断が子どもや家族を苦しめるものであってはならないと思うのです。出生前診断というものが、患者や家族の人生を変えてしまう可能性があるということをもっと真摯に受け止めて欲しい。私達のような経験をする人がまた一人でもいたら……と思うと苦しくてなりません〉

新聞の全国紙でもNHKの全国放送でもこのニュースは大々的に報じられた。

取材を断ったにもかかわらず、自宅を探して押しかけてきた週刊誌記者もいた。取材を拒否すると「どんなことを書かれても知りませんからね」と強い口調で言われ、新聞やテレビでは報道されなかった個人情報を勝手に記事に書かれたこともあった。インターネット上で現役の医師が書いたこの提訴を批判するブログを目にして、傷ついたこともあった。

噂になっているのか、周りの知人たちが急によそよそしくなったように光には感じられた。けれども、誰も「あなたのことですか」と尋ねようとはしない。

小学校高学年だった長男は、小学校の先生との交換日記にこのようなことを書いた。

〈ぼくの天ちゃんが病気でダウン症でした。そのことでお医者さんがまちがって、裁判

になっています〉

その日記をたまたま目にした光は、「なんでそんなことを書いたの」と長男を叱ったことがあった。長男は何も言わずに黙っていた。光は怒りながらも、長男のことをかわいそうだと思った。それでも周りの誰にも言えず、学校にも報告できず、追い詰められていた自分の気持ちを抑えられなかった。

訴状に対して、医師側は、現在日本で行われている中絶は母体保護法により〈身体的理由〉か〈経済的理由〉のみに限られており、胎児の障害や病気を理由にした〈選択的中絶〉は認められていないことを背景に、〈妊娠中絶や命の選別は生命倫理に反する〉と中絶の選択権を問う訴えそのものを問題視した主張を展開した。

医師側は答弁書でこのように主張する。

〈被告遠藤が、羊水検査をした理由は、（中略）出生前診断を行い、原告らに予め心の準備をしてもらうことができるとするからであり、人工妊娠中絶を積極的に勧めるためのものではない〉

天聖への慰謝料についてはこう述べる。

〈原告らは、被告遠藤の過失がなければ胎児（故天聖）は中絶されて出生しなかったとする考えを前提としている。しかし、これは「妊娠中絶」、つまり、求められないダウン症児の「命の選別」を当然のこととしており、生命倫理に反することは明らかである。従って、生まれたことによる障害者の独自の損害を認めるべきだとする論理は到底認められるべきではない〉

医師側の主張は、命を選別すべきではなく、ましてやその権利など認められていないというものだ。その上で、「そもそも中絶をする権利がないのだからこの訴訟は成り立たない」という論を展開し、原告らの請求をいずれも棄却する申立を行った。

光は茫然自失となった。

「遠藤医師がクリニックで実際に中絶手術を行っていることは本人の口からも聞いていました。そのつど経済的理由が本当なのか調べたのですか？　羊水検査で陽性だった人を遠藤医師が中絶手術したことはただの一度もないのでしょうか？　それとも、それらは私たちだけに許されない論法なのでしょうか？」

# 第六章　母体保護法の壁

母体保護法ではそもそも障害を理由にした中絶を認めていない。したがって提訴は失当。被告側の論理に光は、母体保護法が成立するまでの、障害者をめぐる苦闘の歴史を知る。


「母体保護法があるから中絶できないなんてどういう意味ですか？」

光は突然知らない世界に放り出されたかのように混乱していた。

日本において中絶ができないなんていうことは考えもしなかった。

遠藤医師は裁判になると、光からすると荒唐無稽な論を展開してきたのだ。そもそも日本では胎児の障害を理由とした人工妊娠中絶はできないことを理由に、医師の誤診があろうとなかろうと、そもそも光は中絶することはできなかったのだと主張したのだ。

中絶できないとはどういうことだろうか。若い未成年の女性が子どもを育てられなくて中絶したなどという話は、そこら中に溢れている。光の学生時代にも、友人が予期せぬ妊娠をして、今は産むことができないと中絶したという話を聞いたことがあった。

厚生労働省の衛生行政報告例によれば、光が羊水検査を受けた二〇一一年度に行われた人工妊娠中絶件数は二〇万二一〇六件である。

どうして光の場合にだけ、そのような論法がまかり通るのか。

被告からの反論に対して、佐久間弁護士も、

「そんなわけないでしょう。どこでも中絶しているでしょう」

と思わず口をついて出た。

日常的に中絶は行われている。ではなぜ被告はそうした主張をしたのか。

それは母体保護法において、胎児の障害を理由にした中絶は認められていないからだ。「中絶の選択権」を問う訴えそのものが無効なのだという。

母体保護法第十四条には、〈人工妊娠中絶を行うことができる〉ケースとしてこう記されている。

〈妊娠の継続又は分娩が身体的又は経済的理由により母体の健康を著しく害するおそれのあるもの〉

中絶は、あくまで〈母体の健康を著しく害する〉場合にのみ認められているのだ。

しかし、出生前診断で染色体異常が認められる結果が出た場合、それを理由に中絶している人は現実には大勢いる。

では、何を根拠に胎児の異常を理由とした中絶が行われているのか。

それは母体保護法にある〈身体的又は経済的理由〉を援用したものだとされる。障害を抱えた子どもを育てていく経済力がないために中絶するのだから合法である、あるいは障害を抱えた子育てをすることで精神的な影響があるとの理屈を拠りどころにしているのだ。

ここには胎児の障害や病気があることを理由とした人工妊娠中絶を合法化する、いわゆる胎児条項については一切書かれていない。このような障害を理由とした中絶を日本の法律は認めていないのが建前である。

実際には建前に過ぎない。中絶するにあたり、妊婦の経済事情を調査するケースがあるとは聞いたことがない。中絶には本人と配偶者の署名捺印をした同意書が必要となるが、理由を本人が書く欄さえない。

しかし、中絶するには、こうした理屈を取らない限り違法性を問われかねないのである。

**刑法「堕胎の罪」**

刑法には「堕胎の罪」の項目があり、このように記されている。

第二一二条〈妊娠中の女子が薬物を用い、又はその他の方法により、堕胎したときは、一年以下の懲役に処する。

第二一三条〈女子の嘱託を受け、又はその承諾を得て堕胎させた者は、二年以下の懲役に処する。よって女子を死傷させた者は、三月以上五年以下の懲役に処する〉

明治四十一年に施行された刑法において、今の時代においても堕胎は罪であり、胎児を中絶した女性と、中絶をさせた専門職は懲役刑に処せられるというのだ。言い換えれば、女性は妊娠したら子どもを必ず産まなければならず、産む産まないの選択の自由はないと定めているのが刑法なのだ。

つまり人工妊娠中絶は、堕胎罪に抵触するが母体保護法によって免責されるという曖昧さの中で行なわれていることになる。さらに、胎児の障害が出生前診断によって判明したことを理由とした中絶は、法的にはグレーの中で実施されていると言える。

中絶手術は各都道府県医師会が認定する母体保護法指定医が行う。

一九九六年に母体保護法に改正される前の法律、優生保護法を立案した参議院議員・谷口弥三郎は産婦人科の医師でもあった。谷口は中絶手術を行う指定医による団体である日本母性保護医協会を作り、それが二〇〇一年に名称変更されて日本産婦人科医会となった。

光の提訴後、医会の理事たちに、胎児の障害を理由とした中絶をどのように母体保護法指定医が行なっているかを私は尋ねた。

「経済的理由を拡大解釈して人工妊娠中絶手術をしている」

　理事たちは口々に言う。

「本人の状況は問診でしっかりと聞きますが、何を以《も》って経済的理由とするかは一概に言えません。たとえ年収が一〇〇〇万円あっても、母親が一家の大黒柱だった場合、障害がある子どもが生まれれば働けなくなるかもしれない。それぞれの状況を勘案して判断しています」

　中絶できるかどうかは母体保護法指定医一人だけの判断による。

　一方、一人の医師の診断によるため、「胎児の障害を理由とした中絶はできない」と断る医師もいるという。その場合、中絶を希望する患者は他の病院の門を叩くことになる。

　つまり、医師の裁量があまりに大きく、医師の思想信条によっても医療の提供が左右されるのだ。

　日本産婦人科医会によれば、基本的には女性の自己決定権を重視する方針だという。かつては胎児の異常によって中絶手術を認める胎児条項を母体保護法に入れるべきだと提言することを検討したこともあったが、障害者団体や女性団体による激しい反対運動により見送ってからは、そのような提言は行なってはいない。

だが現実には、胎児の障害が理由であろうとも当事者が中絶を望めば手術を受けることは可能であるのだ。

「出生前診断で胎児の異常がわかれば中絶を選択する人がほとんどだという結果から、優生思想の復活を感じます。法律によってはっきりさせてくれると母体保護法指定医としてはありがたいことですが、うちが言い出しっぺになるのはいかがなものかという思いもある。母体保護法で障害がある胎児を中絶できるとなると、そのことで傷つく障害を持った方も少なくありません」

日本産婦人科医会の白須和裕副会長はこのように述べた。加えて、私は光の裁判の感想を問うた。

「被告のクリニックはそのような論法を取るならば、『出生前診断で障害が見つかってもうちでは中絶できません』と羊水検査を実施する前に患者にきちんと伝えるべきではなかったかと思います。事前のカウンセリング不足でしょう」

なぜ障害を理由とした中絶は許されていないのか。

出生前診断の結果によって障害があった場合に中絶することを「選択的中絶」という。

日本ではこの選択的中絶を巡って長い闘争の歴史があった。

白須副会長のコメントを読み解くためには、様々な背景を知っておく必要がある。

## 優生思想とは

優生学とは、一八八三年にダーウィンのいとこのフランシス・ゴルトンが提唱したことから始まる。ゴルトンは「優生学とは、ある人種の生得的質の改良に影響するすべてのもの、およびこれによってその質を最高位にまで発展させることを扱う学問である」と定義した。この優生学が思想的裏づけを与えたものが「優生思想」で、秀でた能力を持つ者の遺伝子を保護し、「劣悪な遺伝子」を抑制すべきだという考えである。

『優生学と人間社会』（米本昌平ほか）によると、イギリスで発祥した優生学は、社会を貫く規範が脆弱であり、自然科学に立脚する見解が尊ばれるアメリカで急速に発展して政策化され、いくつかの州で断種法が成立していった。当時、この「劣悪な遺伝子」を持っているとされたのが主に精神障害者で、精管や卵管を手術によって結索する断種の対象とされた。アメリカでは移民に対してIQテストがなされ、その結果が低いのは遺伝的にIQが低いからだと解釈された。心理学者ゴダードは、知能は遺伝で決定されているものであり、犯罪行為にも遺伝が関与すると考えた。これが移民制限の論理となる。そのような優生思想を基底とした絶対移民制限法は一九二四年に成立し、人口における移民の比率が制限され、一九六五年に移民国籍法に変わるまで、人種差別的な思想を内包していた。

ナチス・ドイツはこの優生思想を利用した国家運営を行なった。一九三三年にアメリカの断種法を参考にしたナチスの断種法である「遺伝病子孫予防法」が成立。当初、アメリカの優生学者の多くはこの法律を称賛したという。

一九三五年にベルリンで行なわれた国際人口会議で、アメリカ代表のC・G・キャンベルはこう講演した。

「ドイツ国総統アドルフ・ヒトラーが、内務大臣フリック博士の協力、ドイツの人類学者、優生学者、社会哲学者らの支援の下、人種の歴史の時代を画する人口増大と改良という包括的人類政策の構築ができたのも、ドイツ人全員の研究の総合とみてよい。もし、人種の質や民族的達成や生存への展望の面で落伍したくないのなら他の国家や民族が追随すべき、手本をもたらした」

そして、三九年九月、第二次世界大戦が勃発した。これと同時に、ナチス政府は遺伝病子孫予防法を改正し、優生学的不妊手術を原則として実施しないことを決定し、同時に施設で暮らす障害児や精神病患者の安楽死を開始することをヒトラーが命じた。

〈つまり、「低価値者」を不妊手術という間接的なやり方で減らすのではなく、そうした人びとを直接、抹殺することで問題を解決するという方法〉（『優生学と人間社会』）が選択されたのだ。

このような経緯が背景にあって、「優生思想」と結びつく法律には、障害を理由とする中絶を認めるという力が働くのである。

## 日本での国民優生法の成立

日本における母体保護法の系譜を辿ると、第二次世界大戦中の一九四〇年に制定された「国民優生法」に遡る。この法律は〈産めよ殖やせよ〉の時代を背景に妊娠中絶を取り締まるためと、優生学的な理由による不妊手術が刑法の傷害罪に問われないようにするためという、二つの側面を併せ持つ。

戦前に欧米各国で成立した断種法を政府が検討し、ナチス・ドイツの「遺伝病子孫予防法」を参考にして作られた日本初の断種法であった。

断種法は、「人口の質の低下を防ぐため」の法律である。背景には、「逆淘汰」への危機感があった。逆淘汰とは、人口に占める「劣等者」の比率が高まると、国民の資質が低下して、民族の退化を来すという考え方である。不妊手術や結婚制限によって「劣等者」が増えることを防ぎ、「優秀な健全者」の出産が重視された。

この法律によって、「遺伝性精神病」や「遺伝性身体疾患」などの人に対する不妊手術が認められ、一方、優生的理由によらない一般の不妊手術についてや妊娠中絶については、人口増加策を反映して、届け出が義務化されるなど制限された。
〈国民優生法は事実上「中絶禁止法」として機能したといってもよく、「母性保護」を理由に条件付きながらも中絶を認めた、戦後の優生保護法とは全く異質のものにみえる。しかし、実は国民優生法の場合も、帝国議会に政府が提出した法案の段階では中絶を認める条項が存在していた〉(松原洋子「母体保護法の歴史的背景」齋藤有紀子編著『母体保護法とわたしたち』)
法案の段階では、ドイツの遺伝病子孫予防法の第一次改正法を模して、優生学的な理由で不妊手術が決定した女性がすでに妊娠中の場合は、妊娠三カ月以内であれば中絶できるという条文が含まれていた。しかし、「中絶は殺人に等しい」、「堕胎罪を否定する法律を国が定めるのはおかしい」という反対意見によって、採択前に削除されたという。

## 優生保護法の成立

ドイツの敗戦によって、ユダヤ人の強制収容所による大虐殺の全貌が明らかになっていくのには時間がかかった。一九五〇年代後半から、ユダヤ人やドイツの検事の追及によってその様子が徐々に世界に知られるようになったが、優生政策は非難の対象にはならなかった。ニュルンベルク裁判においても、訴追理由に優生政策は入っていない。また、連合軍が設置した非ナチ化委員会による一九四五年の強制解除の対象には、ナチスの断種法は入っていなかった。ナチスの悪は暴力的な圧政とユダヤ人の大虐殺であり、優生政策自体ではなかったという。

ナチズムを繰り返さないようにするために、一九四八年国連総会本会議で世界人権宣言が採択された。一方、アメリカにおいて断種手術は依然として行なわれていた。

優生学に対して、世界的な反省が見られるようになったのは、一九七〇年頃である。七二年にアメリカ優生学会は、社会生物学会と名称を変更した。その後、様々な反省や科学的な反論が試みられ、やがて「優生学」は、悪魔の学問として糾弾されていくようになるが、ナチス優生政策の実証研究が本格化されるのは八〇年代を待たなければならない。

そうしたことから「優生」という言葉を堂々と使った「優生保護法」が、戦後間もない日本で制定されることになる。

敗戦によって経済は立ち行かず、またベビーブームのための過剰人口問題が浮上したこともあって、中絶規制の緩和を求める声は大きくなっていた。

そのような社会状況を受けて一九四七年、第一回国会に社会党の衆議院議員三名により「優生保護法案」が提出された。法案の第一条には「母体の生命健康を保護し、且つ、不良な子孫の出生を防ぎ、以て文化国家建設に寄与すること」と書かれている。「遺伝性精神病」などの人に対してだけでなく、「病弱者、多産者、又は貧困者」で出生児が病弱化するおそれがあるとされた人々までが、医師による不妊手術や中絶を行える条文があった。社会党案はGHQとの折衝に手間取ったこともあり、国会では十分な議論をされないまま審議未了となった。

その法案を引き継いだのは、産婦人科医で参議院議員の谷口弥三郎である。谷口が中心となって、一九四八年に優生保護法が成立した。

その第一条には「この法律は、優生上の見地から不良な子孫の出生を防止するとともに、母性の生命健康を保護することを目的とする」と記されている。戦前の国民優生法よりも、「優れた子孫の出生を促進し、劣った子孫が生まれる」ことを防ごうとする思想が強化されていた。

これにより、優生上の見地から強制不妊手術や人工妊娠中絶を行うことが認められた。しかしそれでもなお、戦後の混乱によって社会は疲弊しており、「逆淘汰」や「不良な子孫」を生み出す危険に満ちているように谷口には見えた。一九四八年十一月の参議院厚生委員会で、谷口は厚生大臣林譲治に優生保護法は通過したけれども「不十分」としてこのように発言している。

〈いわゆる生活能力のない者と申しますか、経済的無資格者と申しますか、そういう者も一つ時々総狩りをいたしまして、そういう場合に妊娠をしておるような者を見出したならば、それをよく検査をする、よく聞きますところによると、パンパンガールあたりでも可なり精神薄弱者などがおるようでありますから、あの乞食の中あたりにでも沢山おるようでありますから、そういう適応者を見出しまして、そういう者の人工妊娠中絶をして、そういう出生を防止をするという方面に一つ大活動をして頂くように進むことができんものだろうか〉

谷口は「乞食」や売春婦などを「経済的無資格者」として、人工妊娠中絶で出生を防止するように拡大を要請したのだ。

そして、翌年四九年の改正では「経済的理由」が認められた。「経済的理由」によって中絶が認められる法律は世界初であった。経済的理由の要件については、「生活保護の適用を受けている者」などが該当すると通達された。そして五二年の改正でそれまで「地区優生保護委員会」によって審査が必要だった中絶手術は、本人と配偶者の同意があれば医師の判断だけで行えるようになり、規制は大幅に緩和された。

だが、胎児の障害を理由にした文言はつけ加えられることはなかった。なぜなら、当時は胎児の異常を調べる出生前診断がなかったからだ。

## 羊水検査の開発が胎児の障害を理由にした中絶を後押しする

時代の流れが変わったのは一九七〇年に入ってからだ。一九六八年に日本で初めて出生前診断として羊水検査が行なわれた。

それを受けて、胎児の障害を理由に中絶を認める「胎児条項」を含めた改正案は幾度か国会に提出される。

一九七二年、宗教団体である「生長の家」系の議員が働きかけた結果、政府提案によって「優生保護法改正案」が提出された。

主な改正としては、中絶の理由として「経済的理由」の削除、そして中絶を認める条件に胎児に障害がある場合を加える「胎児条項」の制定である。胎児条項の案には「その胎児が重度の精神又は身体の障害の原因となる疾病又は欠陥を有しているおそれが著しいと認められるもの」と記されていた。

これに対し、脳性麻痺の障害者団体「青い芝の会」などは、羊水検査によって障害がある場合に中絶することは障害児殺しと同等であると主張し、胎児条項に強硬な反対を表明した。また、日本児童精神医学会も「改正案にもられた中絶の促進は、今日現存する障害者に対する差別と抑圧をさらに胎児期にまでさかのぼって系統的に強めるもの」

と胎児条項を強く批判した。

翌年の国会にも同じ改正案が提出されて、継続審議となった。

七四年には、社会労働委員会において、土井たか子など社会党議員が反対を表明する。それを受けて厚生大臣官房審議官である三浦英夫はこのような理由で改正すべきと答弁した。

〈たとえば人工妊娠中絶のできる一つの理由といたしまして、今回たとえば胎児において重度の身体障害者であるとかあるいは重度の精神薄弱児である場合の原因となるような疾病を、当時の時代背景ではとても医学的に発見できなかったのが、今日におきましては、特定の疾病についてはかなり高い確率でそういうものが発見できるような時代になってきております。したがいまして、その面を改正案に取り入れさしてもらったということが一つでございます〉〈それから二十四年当時に、いわゆる経済的理由によってその母体の健康をそこなうおそれがあるという場合には人工妊娠中絶ができると、こういう条文が入ったわけでございますが、当時の国民生活あるいは国民の栄養状態と今日とではかなり変わってきております。やはり高度の経済成長を見て、国民生活も豊かになってきておりますので、特定の理由だけあげて人工妊娠中絶――刑法のまさに特例でございますので、そういう形でやるよりは、医学的に純化したほうがふさわしいということで、御審議をお願いさしてもらったような次第でございます〉

つまり、医学の発展によって胎児の段階で障害を発見できるようになり、一方高度経済成長により経済的に豊かになったことから、「経済的理由」という形よりも医学に純化して中絶を行う方がふさわしいという意見である。

だが反対運動は強硬であった。改正案は一九七四年衆議院で可決されたが、参議院で審議未了廃案となった。

八二年にも再び経済的理由を削除する法案が出されようとし、この法案を阻止する複数の団体によって「82優生保護法改悪阻止連絡会」が結成される。この改正案も再び廃案となった。そしてこの頃から、優生保護法自体が障害者差別を容認するものとして撤廃運動が盛んになった。

## 母体保護法には胎児条項なし

そのような社会運動を受けて一九九六年六月、「優生保護法の一部を改正する法律案」が国会を通過した。これが「母体保護法」である。これまでの改正とはまったく異なり、この法案からは、優生保護法第一条の「優生上の見地から不良な子孫の出生を防止する」という文言をはじめ、「優生」という文字が条文から徹底的に排除された。母体保護法を見てみると、「第二章　第四条から第十三条まで削除」「第四章及び第五章削除」などと「削除」の文字が散見される。実に条文の約六割が削除された。

改正の背景には一九九四年の国際人口開発会議（カイロ会議）があった。カイロ会議のNGOフォーラムにおいて日本の優生保護法が非難されたこと、またリプロダクティブ・ヘルス／ライツ（性と生殖に関する健康／権利）が認められたことがある。この概念は、すべてのカップルと個人が子どもを産むかどうか、そして子どもの数や出産時期、出産間隔などを責任を持って自己決定できる性と生殖の自己決定権を原則としている。また、らい予防法の廃止も相次いだ。

これは優生保護法が制定されてから二十六回目の改正となった。

結果、身体的、経済的、強姦などの倫理的な理由による中絶と、母体保護目的の不妊手術だけが残り、優生に関する規定は一掃された。「優生思想に基づく部分が障害者に対する差別になっていること」が議員立法として提出された改正の理由である。

だが、どのような差別が優生保護法下で行われてきたかについては明らかにされないままの性急な改正であったことは否めない。

一方、現在までNIPTなど出生前診断に対しての法的規制は一切ない。すべてが学会のガイドラインによって定められているため、違反しても罰則規定などない。法的な整備がされない要因の一つには、母体保護法に胎児条項がなく、母体保護法と堕胎罪の齟齬《そご》もあるからではないだろうか。

グレーのまま法が運用されていることのもたらした代償は大きいと言える。

そして優生保護法がなくなったからといって、我が国から優生思想がなくなったかというとそうではない。

優生政策の主な柱の一つは、不妊手術によって障害を持った子どもが生まれないようにすることである。

優生保護法時代は、それは国家が強制する不妊手術によって行われた。

優生保護法が廃止された現在は、カップルによる出生前診断によって行われているともいえる。

被告の弁護はまさにそこをついてきたのだ。

出生前診断の障害による中絶は、そもそも優生思想によるもので、法律でも認められていない。だからそのことを根拠にして損害賠償を求めることはできない——。

**法律の狭間におちた**

「私は知らなかった。そんなことは何も知らなかったのだ」

光は必死になって現実と法律の狭間で苦しんでいること、先端技術と倫理で苦しむことの矛盾を訴えるために、大量の手書きの手紙を書いた。新聞で発言していたり、テレビに出演している産婦人科医や小児科医、学会の重鎮などに宛てた。

当時、日本産科婦人科学会の理事長であった京都大学医学部婦人科学・産科学教授小西郁生や、日本産科婦人科学会倫理委員会委員長であり東京慈恵会医科大学産婦人科学講座教授落合和徳にも手紙を書いた。面識は一切ない。これまでの誤診から決裂に至るまでの経緯を説明した上でこう綴った。

〈現在の母体保護法は胎児の異常を理由とした中絶を認めていないので、医師には検査結果を安易に説明する義務はない、というのです。ではなぜ産婦人科医が、僅かとはいえ流産の危険を承知で羊水検査をするのか……その目的を忘れたかのような場あたり的な弁明が地元医師会から返ってきました。しかし実際あの現場ではほぼ九割が中絶している。いわば不法行為をほとんどの産婦人科が暗黙の了解で行っています〉

〈生まれてこなかったであろう命でも、実際はこの世に実在し苦痛と闘いました。我が子として生まれてきた子を目の当たりにし、誰が見捨てることができるのでしょう。中絶を決断していた思いと実在する我が子への思いは居場所が違うものなのです。

中絶はダウン症であれば合併症による苦痛、又は予後的なことも考慮した上での大きな決断だったのです〉

〈結果よりも、この事を世論で考える場があることに意味があるのかと悩んでいます。なぜなら、今後血液検査での出生前診断を希望される方が多くなることは予測できます。

この法律は生命倫理に関わる大きな問題なのではないでしょうか。もはや曖昧なままでの現状維持は不可能と思われます。医療技術の進歩とともに、法律も共についていかなければいけないと考えます。

私のように法律に挟まれ、苦しむ人がいなくなるよう、よいお産ができる社会にして頂きたいと強く願っております〉

誰一人からも返事はなかった。

天聖の主治医であった函館中央病院の小児科医にも手紙を書いた。

〈やはり訴訟の途を選びました。あれからもかなり迷いました。勝ち目もない相手に自らぶつかっていくなど、馬鹿げたことをするだけだと思いました。決して個人攻撃をしたいのではありません。しかし、母体保護法の矛盾、医療が抱える問題点を、勇気を振り絞り社会へ投げかけようと私たちは決心しました。

生まれてくる子の命の否定をするのでもなく、中絶の容認でもありません。また、二度とミスが起きないものでもありません。でも万が一、このような事が起きたなら医療はどうあるべきなのか……最後まで患者や家族に寄り添う心、それを忘れてはならないと思うのです。その心があれば、どれだけ患者や家族が救われるか、いやそれしかないのです〉

天聖の主治医は当初、「私が協力できることはします」と言ってくれていたが、実際に裁判になると態度を一変させた。口頭弁論で裁判長は、ダウン症児は天聖のように死に至る経過はよくあることなのかについて調べるようにと原告に告げた。佐久間弁護士は、天聖の主治医に専門家の立場から証言してくれるように頼んだ。しかし、主治医は「ノーコメント」と告げるのみだった。

誰もが返事さえくれない。そんな中、たった一人だけ、光の手紙に対してすぐに連絡をくれた産婦人科の女性医師がいた。

「大変でしたね。よろしければご自宅にお伺いさせていただき、お話をお聞かせください」

忙しい女性医師だったが、すぐに飛行機に乗って函館近郊の光の自宅までやって来た。じっくりと話を聞いてくれ、カルテをチェックし、医療面から訴訟のアドヴァイスをすると約束し、力になると言ってくれた。

一人で孤立無援だと思っていた光は救われたような思いがした。

電話相談をした弁護士から「あなたは先生を恨んでいるんだね」と言われた時には、「私は人様を恨んで生きている人生なんだ。情けない」と光は落ち込み、飛行機に飛び乗って女性医師の元へ相談に駆けつけたこともあった。縋《すが》るところもなく涙を流す光の思いを、女性医師は受け止めてくれた。

だが、光の訴訟が大きく報道されるようになると、女性医師からは距離を置かれるようになった。

光は「先生の立場に立てば当然のことで、悩ませてしまって申し訳なかった」と思った。それでも孤独感は拭えなかった。

のちに判決が出た直後、女性医師は光に電話をかけてこう告げた。

「あなたに協力していては医師会を除名されることになると警告を受けました。私は自分の患者さんを守らなければいけなかった。ごめんなさい」

# 第七章　ずるさの意味

## 光の裁判を知って、「ずるい」と言った女性がいた。彼女は羊水検査を受けられなかったのでダウン症の子を産んでしまった、と提訴したが、その子は今も生きている。

「死んだなんてずるい。死んでくれたなんて羨《うらや》ましい」

光の裁判を知って、そう言った女性がいた。

光の訴訟と同時期に、望まないダウン症児を出産した責任を医療者に問う裁判が行なわれていた。光のことをずるいと言った女性は、その裁判の原告の佐藤友香である。訴状によると、友香から見たことのあらましは以下のようなことであった。

友香は二人目の子どもを妊娠し、産婦人科を受診した。友香は妊娠がわかって嬉しい半面、不安もあった。親類にダウン症の子どもが生まれていたからだ。

自分の生まれてくる子どももダウン症でないかと案じた友香は、産婦人科医に相談した。すると、出生前に胎児の染色体異常がわかるクアトロテストという母体血清マーカー検査のパンフレットを医師から渡された。夫とも相談し、友香はクアトロテストの申し込みをした。

しかし、友香の心配はそれでは収まらなかった。クアトロテストの実施より前に、羊水検査を受けたいと医師に申し出た。

友香によれば、医師はこう言ったという。

「羊水検査をするのであればクアトロは必要ないでしょう。確実な結果を出すなら羊水検査ですよ」

クアトロテストは血液検査のみで体に負担はないが、いずれにせよ確定診断をするのには羊水検査が必要となる。そうであれば、クアトロテストをする意義は薄いという話であった。

「それなら羊水検査でお願いします」

「わかりました。ではまた後でね」

だが、いつになっても医師からは羊水検査の話は出ない。そのまま月日が経過してしまい、友香がおかしいと気づいた時には、一般的に羊水検査が受けられる期間を大きく過ぎた後であった。

その間も、通常の妊婦健診において、胎児の超音波検査は行われていた。胎児が小さいと告げられ、友香は心配を募らせた。

「赤ちゃんに異常があるということはないですか？」

何度も医師に尋ねる友香。

「それは生まれてみないとわからないね」

医師はそう言って、言葉を継いだ。

「もしもですが、仮にダウン症だったらどうするの？」

友香は即答した。

「私は産みません。絶対に産みません。堕ろします」

この言葉に、医師も看護師も驚いた表情で顔を見合わせていた。

そして、友香は妊娠四十一週で出産。結局、検査はなされないままであった。生まれた赤ちゃんは潤と名づけられ、そしてダウン症であった。

医師からその事実を告げられた友香は叫んだ。

「私には育てられません。この子を殺してください」

医師は「それはできない」と答えた。

「でも私にこの子は無理です」

「それだったら、何だっけな。あ、そうそう、熊本の赤ちゃんポスト、あそこは国でも認められているし、あるいは児童相談所に連れて行けば里親がそういう子を育ててくれるよ」

友香は憤りと怒りで二の句が継げなかったと振り返る。

結局、潤を育てることはできないと友香は思い、児童福祉法に基づく里親制度を利用して、里親に養育を頼むことにした。

生後三カ月で、潤は里親に預けられた。だが数カ月も経たないうちに、児童相談所から里親を代えるという連絡があった。里親の元ですでに養育されていた別の里子が、潤が来てから精神的に不安定になったという理由だった。

友香は、潤がたらい回しにされるのではないかと不憫《ふびん》に思って、一旦は自分たちで養育することを申し出た。

育てようとがんばってみるのだが、友香はどうしても障害を持った我が子を受け入れることができない。再び、潤は児童相談所から委託された別の里親の元で養育されることになった。

判決では損害賠償請求は棄却された。羊水検査の申し込みを医師ではなく、友香が失念したと裁判所は認定したのだ。友香は控訴し、最高裁判所に上告もしたが、これも却下された。

光は自身の裁判の審理期間に、この母親が自分のことを「ずるい」と言っていたということを耳にした。

「確かに、障害を持って生きる我が子を、育てていく苦悩は私にはわからないです。天聖が死んでくれて嬉しいなんてことは絶対にない。でも、死んでしまったことで、解放された苦しみがあることも事実です。苦しむだけの人生だったら生きていてもつらいのかもしれない。このお母さんがひどい母親だと言うのは簡単だけど……」

心配そうな表情を見せながら話す光の言葉は、それ以上は続かなかった。

## その子は今

出生前に検査ができていれば産まなかった。

自分には育てられないから殺してください。

そう母親から言われた子どもは今どのように暮らしているのか。

その子どもを、ダウン症児であると知った上で引き受けて、育てている人がこの社会にいる。そのことが何かの救いのような気がした。

田園風景が広がるのどかな町の、トタン屋根の平屋建ての家。その大家族の中で、潤は暮らしていた。

潤は小学生になっていた。里親は五十代の保子夫婦だ。

「寒かったでしょう。こたつに当たってください」

にこやかで包み込むような温かさを持った女性が保子であった。大家族で暮らしているため、台所の横にある居間のこたつは大きく、古びたカバーが掛けられていた。

保子は潤を里子として養育する以前にも、里親として子どもを育てたことがあった。実子も多く、孫もたくさん一緒に暮らしていて、家の中はいつも賑やかだという。

潤がこの家にやってきた時に、一番下の娘は保育園に通っていた。母が保育園に迎えに来たと思ったら、朝はいなかった見知らぬ赤ちゃんを抱っこしている。

「だあれ?」

「今日からきょうだいだよ」

母は何事もないように平然と答えたという思い出は、月日が流れた今でも家族の笑い話だ。保育園児の娘は、突然のことで驚いたけれど、赤ちゃんの潤がかわいくて夢中になった。家族みんなで誰が潤を抱っこするのか、毎日のように取り合いになった。

潤はなかなかハイハイができなかった。保子は家族に頼んだ。

「さあみんな、潤が見えるところではハイハイしてください」

保育園児の娘も、小学生や成人した子どもも、保子も夫も、みなが潤の前でハイハイをした。すると、あっという間に潤はハイハイができるようになった。

つかまり立ちが始まると、保子は再び家族に号令をかけた。

「潤の見えるところでは二足歩行してください」

潤は家族の姿を真似て、二歳でよちよちと歩くようになった。

それからは「田舎の野生児になった」と保子は振り返る。

「うちの子はじっとしていたら死んじゃうマグロみたい」

ダウン症児はおっとりしていると聞いていた。けれど潤は活発で、どこへ行っても勝手に脱走した。スーパーマーケットでいなくなったと思ったら、レジで「いらっしゃいませ」とお店屋さんごっこをしている。家から抜け出して、道の真ん中で楽しそうに大声で歌っていたこともあった。探している時は嫌なことを幾度も考えるけれど、見つかってみれば「自由だな」と笑ってしまう。

「学習していないんだよね。うちの子じゃなくて、私が、です」

学校での行事の写真を見ると、子どもたちは決まってこう言った。

「ああ潤が一番かわいいね」

潤が入院しなければならない時は、

「うちの家族なんだからお母さんには潤に付き添って欲しい」

と子どもたちは譲らなかった。自分たちが掃除や料理などの家事を全部するし、母親がいなくて寂しくてもがまんするからと。家のことを子どもと夫に任せて、保子は潤の長期の入院にも付き添った。潤と子どもたちはしょっちゅう喧嘩するけれども、すぐに仲直りして、一緒にお風呂に入ってはしゃいでいる。同じ釜の飯を食べて、一緒に寝るうちに、かけがえのない家族になっていった。

一時、実母が潤を引き取って育てると申し入れてきたことがあった。けれども、一カ月ほどで潤は戻ってきた。母親はスーパーマーケットへ買い物に行っても、潤を連れて行くことができず、夫と一緒に車で待たせていたという。

保子は実母の苦しみがよくわかると話す。商店や病院で、潤をじっと見る人、二度見する人もいる。そんな時、保子は言い訳をしたくなって、

「ダウン症なんですよ。お預かりしている子なんですよ」

と人に会う度に言っていた。自分の産んだ子どもだと思われたくない気持ちがどこかにあったのかもしれない。

しかし一緒に過ごす時間が経つにつれ、じろじろと見る人にも、

「かわいいでしょう？」

と堂々と言えるようになっていった。

「ですが、私は第三者の立場だから……。実子だったらと考えると、そういうわけにはいかないと思います。だから私は潤のお母さんを否定することはできないのです」

保子の長女の耳の外形には先天的な異常があった。三歳の頃に全身麻酔で手術をして治したが、それまで耳を隠して抱っこしていた時期があったという。耳を隠すために髪も伸ばした。

「私にも我が子が普通ではないことを人に晒さないようにしていた時期があったことに

気がついたんです。そのことを思い出した時に、潤のお母さんの気持ちを垣間見ることができたように思います」

保子はよく想像する。もし潤を実子として産んでいたら今のように百パーセントの愛情をかけることができただろうかと。

「自分の子だったらきっと嘆きの方が大きかったでしょう。母だったら普通に産んであげられなくて我が子に悪いと思い、苦しい、苦しいと自分ばかり責めていたかもしれません。私は里親という立場だからこそ、嘆きからではなくて、全力投球で子育てができたのでしょう。ありがたいことです」

赤ちゃんがお腹にいる時は、「元気に生まれて来たらそれでいい」と誰もが思っているだろう。だが生まれてくれれば、あれが人と違う、これができない、とあれこれ悩んでしまう。それほどまでに自分は、人間は、欲深い生き物なのだ。初めの気持ちを持続できれば、もっと温かい子育てができるかもしれない。けれども、と立ち止まる。「元気に生まれたら」ということは誰もが願う。そこを満たすことができなかった母親は、どれほどの不安を持つのだろうか。誰も実母を責めることなんてできない。

あなたを手にかけなかったのだから

潤の実母と保子は手紙や電話で交流をしていたが、実母に第三子が生まれて以来、距離を置こうと提案された。それからもう何年も潤は実母と会っていないし、まったく連絡もない。特別支援学校の行事に誘ったこともあったが、来てもらうことはできなかった。「いつか引き取らなければいけない」と思う気持ちが重圧になってしまったのかもしれない、と保子は考えている。

それでも保子は自分が悪かったのではないかと葛藤している。

「愛着がわくかわいい時期にこちらで預かったから、機会を逃してしまったのかもしれません。里親で預かったのが良かったのかどうなのか……」

もちろん、実の母親が潤を育てられないと児童相談所に連絡したからこそ、潤は行政の手続きを踏んで里親に預けられることになったのだ。だから、保子が気に病むことなどない。けれども、そのような葛藤を持ち続けてきたことも彼女の真実なのだ。私と話している間に、保子は何度もこの話を繰り返した。

独身時代、保子は児童養護施設で保育士をしていた。体が弱かったこともあり、結婚しても、子どもはできないかもしれないと医師から言われていた。だから将来は「里親になりたい」という夢を持っていた。予想に反して、結婚すると次々と子宝に恵まれた。

「それでも里親になるのは夢だったんです。実子以上に、大切に全力で子育てしてきました。何かあると心配でうるさく言ってしまいすぎたかもしれないと反省するくらいです」

その実子たちはこの大家族の中で、自分たちも里親を続けていきたいという夢を持っている。障害を持った子どもを今後も家族で養育したいと考えている。

「潤は人のお世話が好きだから、障害を持った小さな子どものお手伝いを潤も一緒にできたらいいなと夢見ています。そうすれば、潤もやりがいを持てるし、自分の居場所を見つけられるのではないかと思うのです」

潤が十八歳になった時に本人が承諾すれば養子縁組をし、保子は自分たちの子として引き取りたいと考えている。

保子はレスパイトケアという、ダウン症などの障害児を一時的に預かって、家族に休息してもらう活動も行なっている。二番目の子どもがダウン症で、その子の世話に母親が付きっきりになったせいか、姉と弟が精神的に不安定になっている家族がいた。そのダウン症の子どもを日曜日に一時預かることで、姉や弟が母親を思いっきり独占できる時間を作ることができたと感謝されたこともあった。

「障害児を育てているお母さんには、周りに助けがあることを知ってほしいと思っています。あなたはひとりじゃないのだと伝えたい」

ダウン症の子どもには家族の絆を強めてくれる力がある、と保子は話す。

「義理の両親と折り合いが悪くて実家に帰ろうと考えていた知人から、ダウン症の子を授かったことで家族がひとつになり、自分はここで生きていくのだと決意したという話を聞きました。うちも潤によって、色々な出会いをもらい人の輪が広がっていった。潤のことで家族の会話も笑いも増えました」

子が成長していくように、自分たち親も成長していくのだ。

保子は養育している別の十代の里子にこのような話をした。

「あなたがいらなかったら本当のお母さんは中絶していたでしょう。少なくとも、首に手をかけなかった事実はある。命があって良かったとそこは感謝しなくちゃいけません」

このことはいずれ潤にも話して聞かせるだろう。

「お母さんは首に手をかけたくなったと仰っていました。その気持ちもわかります。でも、そこで踏みとどまってくれて本当に良かった。潤は百パーセント以上、人生を楽しくポジティブに生きています」

帰り際に、潤が書いたという新年の書き初めを見せてもらった。大胆に力強く墨で書かれた半紙。そこには、

「おひるはぱん」

という文字が躍っている。どういう意味ですかと私が尋ねると、

「うちの子はパンが大好きでね」

と、保子は顔をくしゃくしゃにして笑った。

そういえば、彼女はずっと潤のことを「うちの子」と話していた。

# 第八章　二十年後の家族

京都で二十年以上前にあったダウン症児の出産をめぐる裁判。「羊水検査でわかっていたら中絶していた」と訴えた家族を訪ねた。その時の子どもは二十三歳になっているという。

二十年以上も前に、「ダウン症であるこの子を産むんじゃなかった。もしも羊水検査でわかっていたら、中絶していた」と訴えたロングフルバース訴訟が京都であったことは、第五章で少し触れていた。

その子どもが今、私の目の前で照れ臭そうに微笑んでいる。

彼女は二十三歳になっており、名前を春佳という。

短く切った髪に、眼鏡をかけ、桃色のトレーナーを着て、祖母が編んだという赤い毛糸のケープを羽織っていた。娘を気遣って、母は「春ちゃん、寒くない？」と何度も話しかける。

## 一九九五年に起こされた裁判

裁判が起きたのは一九九五年のことだ。

ダウン症の子を持つ両親が原告となり、出産前に担当医師が羊水検査の実施に応じず、また適切な助言をしなかったために、子どもを出産するかどうか検討する機会を奪われ精神的損害を被《こうむ》ったとして、両親それぞれに一六〇〇万円、計三二〇〇万円の慰謝料の請求をした。

原告である長谷川正子は三十九歳で妊娠したが、初期に卵巣嚢腫や子宮筋腫の治療のため開腹手術を受けていた。

そのような手術を受けたこともあり、また四十歳近い年齢からも、健康な子どもを産めるかどうか心配になって担当医師に羊水検査を依頼したという。だが正子によれば、「高齢高齢と気にすることはない」と医師は言って、羊水検査を実施しなかったというのだ。生まれた子がダウン症児であったことを知った正子は精神的に不安定になった。

争われたのは、羊水検査の申し出の時期であった。

正子は妊娠十八週であった一九九四年二月一日に検査を申し出たと主張するが、医師側は妊娠二十週の二月十五日であったと食い違いを見せていた。

医師側の主張としては、正子から二月十五日に申し出があったが、羊水検査をしたところで結果が判明する頃にはすでに中絶ができる期間を過ぎている。医師は「妊娠二十二週になると法律上妊娠中絶は不可能で、たとえ異常が判明しても中絶はできずに落胆するのみである」と説明し、正子はそれに納得して、重ねて質問はしなかったというのだ。

判決は一九九七年一月二十四日に京都地方裁判所で言い渡された。原告の請求はすべて棄却された。

羊水検査を依頼した時期について裁判所の判断としては、原告の発言には信憑性がなく、医師が主張する二月十五日だと認定。正子が申し出た時点で仮に羊水検査を実施し、出生前に胎児がダウン症であることが判明しても、すでに中絶可能な期間が過ぎてしまっていることは明らかである。故に、原告の申し出に応じなかった医師は、原告の出産するか否かを検討する機会を侵害していないとした。

また、出産準備のために適切な情報を提供しなかったとする原告の主張は、このように退けられた。

〈羊水検査は、染色体異常児の確定診断を得る検査であって、現実には人工妊娠中絶を前提とした検査として用いられ、優生保護法が胎児の異常を理由とした人工妊娠中絶を認めていないのにも係わらず、異常が判明した場合に安易に人工妊娠中絶が行われるおそれも否定できないことから、その実施の是非は、倫理的、人道的な問題とより深く係わるものであって、妊婦からの申し出が羊水検査の実施に適切とされる期間になされた場合であっても、産婦人科医師には検査の実施等をすべき法的義務があるなどと早計に断言することはできない〉

つまり裁判所は、羊水検査は染色体異常の子どもを中絶することを前提とした検査だと位置づけている。さらに胎児の異常による中絶は法律で認められていないのにもかかわらず、検査で異常が判明した場合は、胎児の異常による中絶が「安易に」行われるのだと述べた。

さらには、三十九歳の妊婦に高年出産に伴ってダウン症児を出生する可能性があることや羊水検査についても、積極的に説明すべき法的義務が医師にはないと判示した。

裁判所は親の請求は一切認めず、障害のある子を産まない選択肢を選択利益と認めることに否定的な意見を述べ、さらに出産準備のための事前情報を得る利益さえも法的に確立されているとは言えないとした。

原告はいったんは控訴したが、弁護士からこれ以上やっても勝ち目はないと説得されたこともあり控訴を取り下げ、判決は確定した。

「そんなんじゃ死なへんで」

裁判はここで終わった。

だが、望まないダウン症児を産んだ母と子の時間は続いているはずだ。

その二十年以上に渡る日々を聞きたくて、私は京都へ向かった。

裁判を担当した弁護士の事務所で会うことになった。事務所に向かう途中の道端で、
私は春佳一家を見かけた。春佳の歩みに合わせて、父と母はゆっくりと歩いていた。真ん中を歩く春佳は楽しそうにおしゃべりしていた。

法律事務所からは京都御所の深緑の木々が見えた。

「裁判は終わっても人生は続いていきます。その後のお話を聞かせてください」

私が尋ねると、間髪をいれず、正子は言った。

「まあ大変でしたよ。大変。それしかありません。エンドレスで子育てしている感じです。常にこの人で回ってしまっている」

白髪が混じる肩までの髪は丁寧に整えられていて、六十三歳という年齢を感じさせない。正子は思いの外、快活な話し方をする女性であった。

裁判は、九歳年上の夫である正文が提訴を決めたという。医師への怒りと不信が根源

にあった。

「もうこの人いてるし。裁判したって春ちゃんはいるんだから、どうすることもできへんのだしって私は思ってたんですよ」

正子は複雑そうな表情を浮かべた。春佳を産んでから一年間は泣いて暮らした。その頃の記憶がほとんどないほどに悲しみに暮れていた。

「この子は育てられへんわ」

児童相談所の職員に相談したこともあった。けれども、正子は娘を施設に預けることはできなかった。

「あの時裁判してなかったら、前へは進めへんかった。前に進むために裁判したんです。だって、裁判にもしも勝ったとしてもこの人いてたんですもんね。いることは変わりがない」

春佳はダウン症による合併症があり、生後すぐから入退院を繰り返し、医師からは「生きても二、三歳まで」と告げられたという。

春佳は椅子に座ったまま居眠りを始めている。正子は自分のコートをそっと春佳にかけた。

正文は告知された時の思いを語る。

「口には出して言えへんですが、数珠を持ってでもという覚悟をしたこともありました。

二、三年間苦しんで亡くなるよりも、もうここで私の手でと思うこともありました」

そう思っても、どうしても我が子を殺《あや》めることはできなかった。

春佳が二歳半になった頃に、心臓手術が必要だと医師から勧められた。その時に、「もう手術はせえへんでおこう」と、正子と正文は話し合った。

だが、そんな思いを見透かしたかのように小児科医は告げた。

「そんなんじゃ死なへんで」

正子は「ああ、そうなんや。手術をしなくても死ねへんなら、苦しむよりも、日々の生活を良くしてあげたい」と思い、手術を決意した。

心臓手術は成功したが、それから小学校四年生くらいまで、春佳は咳が少しでたと思ったら夏でも冬でも肺炎になるような生活を繰り返し、一年のうちの何カ月間も入院する暮らしとなった。

「あの時、手術をせえへんかったら……」

正直に言えば、正子はそのように思ってしまうこともあったと話す。

入院の付き添いは大変だったが、それでも自宅にいるよりも、病院にいる時のほうが気が休まった。小児病棟では皆が重い病気や障害と闘っていて、自分もその一員でしかなかった。けれども、社会に出ると、「障害児のお母さん」という目で見られているように感じた。

正子はもう一人、今度は障害のない子どもを産みたいと切望していた。だが、そのような慌ただしい暮らしや四十歳を超えた年齢のこともあってか、不妊治療の結果も虚しく、望んだ第二子を授かることができなかった。不妊治療は四十五歳まで続けたが、諦めるしかなかった。

## 進学のたびに傷つく

春佳が幼稚園、小学校、中学校と、進学をする時はいつも揉め事があったと正子は振り返る。

障害児の受け入れをしていると行政から聞いた幼稚園に相談すると、「どんな障害ですか？」と尋ねられ、ダウン症だと答えると、「うちは障害者を受け入れていませんから」と断られた。また、別の幼稚園の入園試験で春佳はパンツを汚してしまったことがあった。すると、園長から「私は教育者としてこの子にどうやって接していいかわからない」と入園を拒否されたこともあった。

「子どもが失敗するんは、障害のあるなしにかかわらへんでしょう」

二十年近く前のことだが、正子は今初めて言葉を投げかけられたかのように、ひどく傷ついた顔をした。涙をこらえているかのように見えた。

とはわかる。それでも正子の心は痛んだ。

「なんで検査せえへんかったん？」

周りの人から尋ねられることも少なくなかった。きっと悪気はないのだろうということはわかる。それでも正子の心は痛んだ。

小学校は受験をし、狭き門の学校に合格した。正文は、その時の喜びを嚙みしめるように言った。

「子どもが京大や東大行ったら嬉しいでしょう。それと同じです」

面接があり、倍率は六倍ほどだった。

けれども、入学した学校と方針が合わず、小学校三年生の時に転校することになった。春佳は相手が嫌がっていることに気づかないことがあり、先生や友達との衝突も少なくなかったという。

現在は、通所施設に通っている。その行き帰りにも、少しでも目を離すと、百円ショップやデパートに行って、商品をレジに持って行ってしまう。お金の計算は苦手で、お金がなくても欲しければ買おうとしてしまうために、正子は近隣の店にあらかじめ事情を話して頭を下げている。

今もなお子育ての大変さは続いている。それでも二十三年間、家族三人で暮らしてきた。

「二十三年間かけてだんだんと受け入れたということでしょうか」

私は正子に尋ねた。

「かわいさはあるし、二十三年という年月もあります。受け入れたというよりも、慣れてきたんかな。この人からいっぱい得るものもあるけれども、もしも戻してもらえるなら元気な子にしてほしい。この子に障害があるのはドクターが悪い訳ではないから、神様にそう言いたい」

私は自分の浅はかさを恥じた。正子が背負ってきた傷は、安直な予定調和を拒むかのようだった。

## 三人家族オッケー

居眠りをしていた春佳が目を覚まして、キョトンとした顔をしている。

「春ちゃん、毎日通ってる施設で何してんの？　教えてあげて」

正子が優しい声で促すと、春佳は答えた。

「箱折りな。クラフトもしとる」

京都銘菓の「おたべ」の箱を午前中だけで百五十も二百も組み立てていると春佳は教えてくれた。また、陶芸もしており、箸置きやコップも作る。それは商品として売られるのだという。

「でも、この人作ったコーヒーカップに『あらし』って書いちゃって、売り物にならへん」

正子は愉快そうに笑った。春佳も下を向いて笑いながら言った。

「嵐の櫻井翔な。好き」

「そうそう、一日中嵐の音楽聴いとるもんな」

春佳が持っていたトートバッグには、春佳がマジックで書いた字が踊っていた。

〈嵐です。よろしく。あけましておめでとうございます〉

「なかなか当たらへん大阪ドームの抽選が当たって、今度家族三人で嵐のコンサート行くんです」

正文は嬉しそうに言って、春佳の顔を見た。

「子どもと一緒に外へ出ていけるようになったら大丈夫です。この子が小さい頃は、鴨川にでも散歩に連れて行ってあげようと思っても、この子を抱っこしたり、人の前に連れて行くのは抵抗がありました。外を散歩していれば、鳥が鳴いたり、歩いている動物が目に入るでしょう。人間も動物なんです。親の真似をするんです。もっと早く連れて行ってあげれば良かった」

その言葉を聞いて、正子は涙を堪《こら》えるように目頭を押さえた。

「私なんて親失格です。もっといいお母さんだったら良かったのにと申し訳なくなります。私がもっと成長しなきゃいけなかった。ちゃんと育てられへんかった」

　正文は妻を励ますように言葉を引き取る。

「私は親バカでね。この子はしっかりしていると思うんですよ。そりゃ自分の子だもの、かわいいじゃないですか。ご飯もよそってくれたりね、気をつかってくれる」

「春ちゃんはお父さんの心配ばかりしとるもんね。信号を待っている時でも、お父さんがギリギリまで前に出ると心配して注意してはるんです」

　それでも正子は繰り返した。

「愛情はあるけれども、産んで良かったという答えにはならない。でも運命かなとも思うのです。私とこの人は前世で何か悪いことをしたんかな。この人自身ももし苦しんでいるとしたら、この人にも悪いことをしたと思っている」

　何も悪いことなんてしていない。私はそう伝えたかった。けれども、言葉にならない。そんなことを言えば、かえって正子を傷つけることはわかっていた。

　春佳は泣いている母親を心配そうに見て、体を母親の方に傾けた。

　私は最後に、子育てで一番良かったことを尋ねると、正子は意外な答えをした。

「この子が入院している時に、ベッドサイドに置いてあったものを全部ベッドの下に捨ててしまったことがあるんです。看病で疲れきっていた私はびっくりしてそれを注意したら、舌をベロッと出した。それを見て、『あ、この子ジョークきくんや』と嬉しくなったんです。ジョークきくんやと。今でもあの日のことは覚えています」

春佳は指で輪っかを作って破顔した。

「三人家族オッケー」

## こまめちゃん

正子の裁判を担当した弁護士は当時を振り返る。

「まだ時代が早すぎたのかもしれません。出生前診断にまつわる状況は劇的に変わってきています。そしてアメリカだったらこの裁判は勝っていたかもしれない。出生前診断と医療の関わりに、警鐘を鳴らす意味はあったと思います」

しかし、と言葉を継いだ。

「出生前に診断するのがいいのかという問題はありますが……。苦労するなら生まれないほうがいいという考えは何かが違うのではないかと私は個人的には思っています。子どもは意味なく生まれてくるのではないと思うのです。うちに五木という弁護士がいるのですが、彼の妻は羊水検査で子どもがダウン症だとわかった上で出産しました」

この法律事務所の在籍弁護士は四人。医療訴訟を専門とする事務所ではなく、通常は一般民事事件を担当している。五木弁護士に話を聞けないかと頼むと、会議室に温和な表情の男性が入ってきた。

正子と五木弁護士は「大変ですか」と初対面なのに互いを気づかう言葉をかけ合っている。

五木弁護士の妻は三十七歳で妊娠し、妊婦健診の超音波検査で胎児に障害がある可能性を指摘された。

「こちらから出生前診断してはどうかとは言えないことになっているけれども、調べてみてはどうかと医師から話をされました。検査結果が出る頃には中絶ができる二十二週は過ぎていましたが、事前に心の準備と覚悟をする意味で羊水検査を受けました。どんな子でも産もうということはあらかじめ話し合っていました」

検査結果がわかった日の夜は、妻は一晩中泣いていた。

「娘は七歳になり、大変だけど、とても明るい子です。体は小さいけれど、ひとりで五、六人くらいの元気があって楽しい。きょうだいもいなくて、将来は親も年を取っていき心配はありますが、毎日賑やかに暮らしています」

「一緒やん。ああ、うちの子も小さくて、『こまめちゃん』って呼んでたんです。その頃が一番楽しいですよ」

正子は幼い頃の春佳を思い出すかのように微笑んだ。

五木弁護士の娘は心臓手術をすでに二度しており、これから一年以内にもまた心臓手術を予定している。甲状腺ホルモン薬も毎日服用しているため、五木弁護士は子どもに薬をどうやって飲ませればいいかを話し合っている。

五木弁護士もその後不妊治療をしたが、子どもを授かることはできなかった。

「この子が最初で最後になりました。妻の卵子は元気がないようでした。それは自然な人間の摂理です。運命だと思います。なんでもかんでも人間がコントロールできると考えて抗っている社会ですが、それが本当にいいことなのかと思うのです」

その言葉に春佳が静かに耳を傾けていた。

## 医師はこう話していた

被告の医師はどのように思っているのだろう。

羊水検査をしなかったとして訴えられた福岡肇医師は、現在は別の病院で産婦人科医として勤務していた。私は手紙を書いたが返事はなかった。

だが、福岡医師の気持ちが語られた古い地方新聞を見つけた。一九九八年一月六日付の信濃毎日新聞には、裁判を機に患者への接し方が大きく変わったと話す福岡医師のコメントが書かれていた。

〈「当時は『この人は自分の患者なんだ』という意識を強く持っていた。休日も返上して出産に立ち会ったりとか。『どうもありがとう』と心からお礼を言われたりすると、医師になって良かったという充実感を感じた。でも、それは、結果が良かった場合なんです。結果が悪いと、感謝の気持ちは憎しみとなってこちらにぶつかってくる。これには耐えられません」

A病院に勤務していたころは、深夜も患者の診察に労を惜しまなかったが、今は、定時できっちり仕事を切り上げて帰宅する。「まさにサラリーマンですよ」と自嘲気味に話す一方で、「医療の質という点でも、その方がいいと考えるようになった」と言い切る。「訴訟を起こされれば、他の患者さんの診療に大きな影響が出る。裁判の期間中、その都度裁判所に出向き、法廷で発言するためのエネルギーを考えてみてください。訴訟を起こされないようにすることが、結局は患者のためにもなるんだということが、骨身にしみました」〉

記事によれば、裁判以降、福岡医師はできるだけ多くの情報を患者に与えるように心がけているという。羊水検査についても、春佳の裁判までは検査について患者に伝えるかどうかケースバイケースで判断していた。むしろ、高年妊娠であるというだけで羊水検査を実施することに疑問を抱いていたという。

だが、訴訟を起こされたことを契機に、羊水検査の目的、方法、時期、流産のリスクなどをあらかじめきちんと患者に伝え、本人の判断に任せるようになったと福岡医師は述べている。

プロローグでも触れたが、私自身の出産の際にも、担当医は「検査があることを伝えないと訴訟になるから」と出生前診断について説明をした。この裁判がひとつの契機だったのかもしれない。だが、私にとっては、患者に寄り添うというよりは、「形式的に説明して訴訟を避けたい」という印象が残って後味の悪い気分がした。

記事は、福岡医師のこのような言葉で締めくくられていた。

〈「昔と今とでは、医者と患者の関係が変わっている。医者のいうことなら患者は何でもきく、という時代じゃない。訴訟を起こされないような医療を進めることが、大切になってきている」〉

医師の言うことを患者が何でもきく時代ではないのは、間違いない。しかし、医療において大切にされることが、訴訟を起こされないことだとすれば、その代償は大きい。

## 医師は出生前診断について説明をすべきか

出生前診断について、医師が患者に情報を伝えるかどうか。これについては紆余曲折してきた歴史がある。

福岡医師がそのように語った一年後の一九九九年、厚生科学審議会先端医療技術評価部会の下部組織である「出生前診断に関する専門委員会」は、母体血清マーカー検査に関する見解を発表した。

その報告書には、

〈医師が妊婦に対して、本検査の情報を積極的に知らせる必要はない〉

〈また、医師は本検査を勧めるべきではなく、企業等が本検査を勧める文書などを作成・配布することは望ましくない〉

と書かれていた。

母体血清マーカー検査とは一九九四年から日本で実施が始まった出生前検査の一つで、母体からの採血により、血中のタンパク質やホルモンの濃度に、妊婦の年齢や体重を加味し、ダウン症や十八トリソミーなどの染色体異常をスクリーニングする検査である。例えば、「ダウン症候群陽性確率何分の一」というような確率で結果が出るもので、確定のためには羊水検査が必要となる。二〇一三年から日本で臨床研究がスタートしたNIPTが登場するまでは、母体血清マーカーが出生前診断の主流であった。

少なくとも、国の見解としては、NIPTが登場するまでは、検査について医師が知らせることに消極的な立場であったのだ。だが福岡医師は訴訟を起こされないために、積極的に出生前検査の説明を行ってきた。

その溝には何があるのか。誰のための説明で、誰のための検査なのだろうか。

そして、訴訟を起こされないようにすることと、妊婦の自己決定を守ることは、同じ方向を向いているのだろうか。

# 第九章　証人尋問

裁判では、「中絶権」そのものが争われた。「中絶権」を侵害され、子どもは望まぬ生を生きたというが、そもそも「中絶する権利」などない。そう医師側は書面で主張した。

## 原告への尋問

空から降ってくる雪と地に積もった雪が舞い上がって混じり合い、風車のように円を描いている。数メートル先さえ見えないほど視界が遮られる吹雪かと思うと、抜けるような青空と澄んだ空気が突然現れる。それでは雪はやんだのかと思って外に出た直後に、頭から靴まで埃をかぶったかのように白くなった。その日は朝からこのような天気を繰り返していた。

「あなたが遠藤医師から羊水検査の説明を受けたのはいつ頃ですか」

「妊娠十二週の平成二十三年三月十五日です」

「どんな内容の説明だったんですか」

「胎児の首の後ろにむくみがあります。年齢的なことを考えると心配なので、羊水検査を受けたほうがいいでしょうと言われました」

「ほかに看護師さんなどから何か説明がありましたか」

「その後、別室に呼ばれて、今の説明はわかりましたかと聞かれました、そしてご夫婦で検査を受けるかどうか話しあった上で、もし検査を受けられるというのであれば、中絶のリミットは二十二週までです。検査結果が出るまでは三週間かかりますので、それを見据えた上で妊娠十六週か十七週くらいに検査を受けるという予約の電話をいれてくださいと言われました」

「つまり、羊水検査の結果が人工妊娠中絶を選択できる時期に出なければ意味がないという内容の説明だったわけですか」

「そうなります」

「あなたが羊水検査を受けたのは、胎児がダウン症でも、生まれて突然知るよりは、前もって知っておいたほうが心の準備ができると、そういうためだったんですか」

「そうではありません」

「では、どういう思いでその検査を受けたんですか？」

二〇一四年三月六日、函館地方裁判所では原告の証人尋問が行われていた。

佐久間弁護士による質問に、光は苦悶の表情を浮かべていた。

「もし、異常があった場合は、妊娠の継続を諦めざるを得ないかなという思いがありました」

佐久間弁護士は証拠として提出した「母子支援連絡票」を読み上げた。これには天聖出産後にダウン症がわかって混乱している光の様子が、入院先の函館五稜郭病院の看護師によって記録されている。

「これに〈児に頸部肥厚が見られたため年齢も考え遠藤医師に勧められて染色体検査をした。もし異常があれば妊娠継続はあきらめようと思っていた〉とありますが、当時の気持ちとしては、このとおりですか」

「はい、そうです」

佐久間弁護士は、光の陳述書を示す。光の陳述書はA4用紙十七枚にも及んだ。

「〈訴訟を決断した事に迷いがない訳ではありません。なぜなら誤診に対する思いと我が子への思いはそれぞれ心の居場所が違います。しかし誤診を訴えるという事は、やはり我が子の命を否定しなければいけないことなのか〉と述べていますね」

「はい」

「これは、なかなか難しいかもしれないんですけれども、当初は、ダウン症の結果が出れば出産は諦めようと決意して検査を受けたものの、実際に生まれてきた我が子を目の当たりにして、とてもミスがなければ本当は君は中絶していたんだよと言いたくはないというのが正直な気持ちだったんじゃないでしょうか」

「それに近いです」

「それで、羊水検査の結果を遠藤医師から、何と告げられたんですか」

「大丈夫です、異常ありませんと言われました」

「しかし、生まれてきた子どもは、どうだったんでしょうか」

「ダウン症でした」

「そういった誤りが生じた原因について、遠藤医師は報道関係者にどう説明していたか覚えていますか」

「わかりづらい表記で、たまたま読み間違えたと言っておりました」

## 「中絶権」を争う

これまでに口頭弁論は五回開かれていた。そこで争われていたのは、「中絶権」である。

遠藤医師側は答弁書において、遠藤医師が羊水検査結果を誤って伝えた過失を認めた上で、このように反論していた。

〈被告遠藤が、その羊水検査の結果を見誤って原告に陰性である旨を伝えた過失は認めるが、それは、被告らが、上記の原告らの「心の準備」をする機会を奪ったことを認めるもので、羊水検査の結果を正確に告知説明する義務がないなどと主張するつもりはない〉

〈但し、遠藤医師の過失が「妊娠中絶権」を侵害したものとして、その違法性が大きいものであるかの主張は、争うものである。

中絶権なる権利を認めるべきか否か自体が大問題であり、これを認める大前提での論理には到底同意できないからである〉

つまり、羊水検査の結果で「心の準備」をする機会を奪ったことは認めるが、胎児に障害がわかったからといって中絶できたわけではないと主張するのだ。

これに対して、佐久間弁護士は反論した。羊水検査はどんな結果であれ、人工妊娠中絶は行えないが、事前に知って心の準備をするためであるとの主張は到底認められない。

〈仮に、被告主張のとおり、かかる妊婦の中絶権が何ら法的保護に値しない権利・利益であるならば、羊水検査の結果をどう伝えようが、また伝えまいが、侵害されるべき権利・利益が存在しない以上、中絶する機会を奪ったなどとはいえなくなるはずである。

ところが、先述したように、被告遠藤は「羊水検査の結果に異常が認められた場合、中絶するか、妊娠を継続するかどうかは夫婦で決めること」と説明したと認めており、これはまさしく、原告に中絶する機会を与えるための説明であり、「羊水検査の結果を正確に告知していれば、人工妊娠中絶の方法をとった蓋然性が高」かった原告から中絶の機会を奪ったことに他ならない〉

この裁判が特異なのは、すでに生まれた命に対して、生まれてこなかった方が良かったかどうかが争われている「ロングフルライフ訴訟」という点である。

原告側は、光夫妻が誤診されて選択を奪われたという損害とともに、生まれてきた天聖が「のぞまなかった苦痛に満ちた生《せい》を生きなければならなかった」という損害への賠償も請求していた。

医師側はこれに対して再び反論を行っていた。

〈この原告らの論理は生命倫理の観点からは容易に認めることはできず、従って法的観点からも認められるべきではないと考える。

つまり、原告らの主張は、「ダウン症であるがゆえに望まれない命」が生まれ、「当該ダウン症児が上記合併症を持っている場合には、生まれてこない方が良かった」とする論理であるが、「望まない」「生まれてこない方が良かった」と判断しているのは原告らであり、ダウン症児が当然にその様に考えると擬制することに疑問であり、命の選別が行われること自体についても生命倫理の観点から当然に許されることではないはずであり、母体保護法も人工妊娠中絶を限定的に許していることも考え併せると、認められる

論理とは思えない〉

「命の選別」は生命倫理に反するのか。

このような根源的な問いが裁判という場に引きずりだされたのだ。

**あまりにも痛々しかった**

法廷での光に対する佐久間弁護士による主尋問は、まさに望まぬ生を生きた天聖の苦痛を問うものであった。

佐久間弁護士はこう質問を発した。

「痛々しい姿であっても、天聖君は生まれてきて幸せだったと言えるんでしょうか」

光は言葉に詰まって、放心したような顔をした。

「……とても幸せそうな姿には見えませんでした。何とかしてあげたかったです」

「では、いかなる医療を施しても、腸は動かず、造血もできないため、大量の腹水や呼吸困難を招来して死亡するという結果があらかじめわかっているとしても、天聖君は生まれてきたことの喜びを感じたんでしょうか。それとも苦痛を感じたんでしょうか」

「大半は苦痛だったと思います」

佐久間弁護士が陳述書の抜粋を読み上げる。

〈DIC、敗血症を併発し消化管出血を起こし、痰を取ると出血、尿道からも出血、あらゆる箇所からの出血が始まり、体幹は紫色と化していました。もしあの状態で意思表示のできる大人であれば、あまりの痛みに殺してくれ‼　と叫んでいたことでしょう……あまりに痛々しくて、目を覆いたくなるような、見るも無残な姿……面会に来る他の家族が天聖を見て驚いている表情に、お願いだから見ないで……と心は叫んでいた。とても生まれてきて良かったね、と言えるような状態ではなかった〉

法廷の空気が一層静まり返ったように思えた。開廷の場面はこの日もテレビカメラが入り、大勢の記者が駆けつけていた。多くの目が光の丸い背中に突き刺さる。

佐久間弁護士は畳みかけるように尋問を続ける。

「仮に、あなたが天聖君の立場だったら、生まれた後そうやって一日二十四時間苦痛が続いて、その後もどんどん苦痛が増大していき、その末に死亡するとわかっていても、やはり生まれてきたいと思いますか」

「いいえ、苦しむだけのために生まれてきたいとは思いません」

佐久間弁護士は、被告である遠藤医師の答弁書を光に見せた。

〈故天聖がダウン症を持っていたことについて、被告らに責任がないことは明白であり、従って、これに伴い種々の合併症の治療及び死亡についても被告らに責任がないことも明白である〉

佐久間弁護士は質問を畳みかけた。

「天聖君がダウン症を持っていたことに対して、被告らに責任がなくても、そもそも中絶していたら、天聖君はこの世に生まれているんですか」

「生まれていません」

「生まれてこなければ、さっき挙げたような、殺してくれと叫びたくなるような苦痛は生じているんですか」

「生じておりません」

「あなたは、羊水検査の結果次第で、どういう選択肢を取る目的で受けたんでしたっけ」

「もし異常があったならば、妊娠継続を諦めざるを得ないと思っていました」

「そこからすると、仮に遠藤医師から陽性という結果を伝えられていれば、どういう選択肢を取っていたと思いますか」

「おそらく中絶していたと思います」

「ということは、遠藤医師が検査結果を正確に伝えてさえいれば、天聖君の苦痛は生じているんですか」

「生じておりません」

「ならば結局、遠藤医師のミスがなければ、天聖君の生き地獄のような苦痛は」

「ありません」

「その苦痛を精神的損害とすると、その損害を賠償すべきなのは、苦痛を生じさせたのは誰なんですか」

「見過ごした遠藤医師だと思っております」

静かに答える光の顔は無表情だ。法廷の傍聴人にも表情はない。

佐久間弁護士が明らかにしようとしているのは、子どもの「生」が、その子自身や両親が被った損害だということだ。被った損害、つまり「生」は、そもそも誤診がなければ存在しなかったものであると主張しているのだ。

選択肢を奪われ、子どもが生まれてきたこと自体が損害であると原告は主張していることになる。

苦しんで生まれ、苦しんで死んでいった。もしも光が中絶していたら、天聖はこの世の中には生まれていなかっただろう。そうであれば苦しんで死ぬこともなかったのだというのだ。

**反対尋問**

法廷は、被告の代理人である佐藤憲一弁護士による反対尋問に移った。

光は驚いたような顔をしていた。反対尋問があることは知らなかったのだ。

私は、被告が書面で主張している「母体保護法の精神から言って、そもそもダウン症を理由に中絶することはできなかった」ことを立証するための尋問になるのだろうか、とその尋問を待っていた。

しかし佐藤弁護士は、被告は原告に謝罪をして誠意をつくした、ということを立証するための尋問に終始したのである。

例えばこんな調子だ。

「それでは、天聖君が亡くなった後、遠藤は弔問に来ましたか？」

「どこにですか、おうちにですか？」

「あなたのおうち、もしくは他でも結構なんですけれども」

「はい、来ました」

「その際に、香典を持って来ましたか」

「はい、持って来ました」

「それから、その時、何か覚えていませんか。香典だけではないということのようなんですけれども、持って来たものを覚えていませんか」

「なんでしょう……そのときの記憶はちょっと……」

「奥さんの話だと、もちろんお花も持って行ったと、いわゆる供花ですね。それからさらに、生まれたときに奥さんが、まあ、いずれ退院したときにお使いになるだろうということで、ベビー服、それからタオル、これもまあ」

佐久間弁護士が「異議あり」と立ち上がった。

「奥さんがそういうものを贈ったというのは、どこに基づいて話しているんですか」

佐藤弁護士は答えた。

「奥さんの話を私が聞いているものですから、そういう記憶があるかないかを確かめているだけです」

光は頭を小さく左右に振った。

「記憶はございますけれども、私は一応、大人として、受け取りたくはなかったけれども受け取らせていただきました。でも、使用はしておりません。悪いけど捨てました」

佐藤弁護士はこれを受けた。

「使用はできないよね。そういうものを持って来たということは間違いないですよね」

「そうですね」

私は、佐藤弁護士の「使用はできないよね」という言葉の意味を考えていた。誤診をした医師からの贈り物など使いたくないという意味だと当初は思ったが、天聖は生きて家に帰ることができなかったのだ。ベビー服もタオルも使う機会なんて、そもそもなかったのだ。そう思い至ると、何気ない言葉が残酷な意味にも感じられた。

こんな尋問を延々と続ける意味があるのだろうか。もっと明らかにしなければならないことがあると私は傍聴席で焦れるような思いでいた。そんな傍聴席の思いなどよそに、佐藤弁護士の尋問は同じところを繰り返している。

「それから、年明けて平成二十四年、それは亡くなった翌年の七月。函館、道南地方は、いわゆる旧盆ではなく新盆でやるものですから、この七月というのは天聖君の新盆になりますよね、当然そうですよね」

「はい」

「そのときに、遠藤夫妻から花が届けられませんでしたか」

「はい、届いています」

「それから、平成二十四年十二月十六日の命日、この日にも花が届いていますね」

「いいえ、受け取りませんでした」

「平成二十四年ですよ。一周忌の命日ですよ」

「ああ、裁判になってからは受け取るのをお断りしたので……この時点ではお気持ちを跳ね返しては、大人としてあれかなと思って、どういうつもりでと思いながらも受け取りました」

「昨年のお盆、七月のときには、遠藤からお花を飾りたいという申し出があったようですね」

「直接は、お電話は来ていません。いつも花屋さんです」

「それは、どうしましたか」

「受け取れませんとお断りしました」

「どうして断ったんですか」

「それは、裁判が始まっているのに、どうして平気でお花を送って来られるのかなという思いです。あなたたちがああいう態度だったから、こんなことになったのに……」

「(陳述書に)『そしてある日、主人は遠藤医師に電話をしました』とありますね」

「はい」

「あなたは、そばで聞いていたでしょう」

「そばにいません。主人は二階で電話をしていましたので」

佐久間弁護士が立ち上がった。佐藤弁護士が読み上げた光の陳述書を、佐久間弁護士も示して見せた。

「訴訟に至るまでの経緯のところですね。『天聖が生まれてから、遠藤医師と奥様とは何度か面談を重ねておりました。いつも遠藤医師が『次はいつお会いできますか?』というように言ってくる感じで、時間を決めて会っておりました。正直な気持ちを言いますと、なぜミスした張本人と私たちが会わなければならないのか……苦痛でした。しかし、天聖や家族に対して心を尽くしたいと言ってくださった以上、私たちは怒りを堪え、天聖のためにもしっかりした話し合いが必要だと思いました』と書いていますね」

「はい」

「これは、先ほど被告代理人の先生から、十回くらい奥さんと遠藤先生があなたのところに会いに行ったんじゃないかということに対して、あなたはそうですとは言わずに、いや私たちが会いに行ったんだと言っていましたよね。それは、今度いつ会えますかと彼が言って、彼が出向いて来たのではなくて、そっちが来いという形で日にちを決められて行ったことに対して、本当は会いたくない、苦痛だったのに自分たちは行ったということですね」

「はい、そうです」

そのやり取りに、佐藤弁護士が言葉を挟んだ。

「会いたくないのに、と今おっしゃいましたかね」

「そうです」

「それ、本当ですか」

「そうです」

「それでは、先生の本当の気持ちを聞くために会う必要があるよね。あるいは電話しなきゃならないよね、それ、本当の気持ちというのかな」

「先ほど申し上げたように、ダウン症が発覚してすぐ、遠藤先生は謝っておられましたよね。『ピュアに謝罪したい、私は法律なんて関係ない、ピュアに謝罪したいんだ』と。一緒に育てていきたいというくらいの思いがありますと、何でも言ってくださいというような態度だったんですよ。だから、その先生がこういうふうになってしまったので、あの先生を信じたいと思った気持ちがあったから、もう一度確認したいと思って電話したんです。会いたいとか、そういうことではなく」

私は母体保護法で認められていない障害を理由とした選択的中絶をめぐる本質的なやりとりが尋問でなされると思っていたが、被告側弁護士はそこにはあえて触れず、被告は原告に謝罪する意思があったかという一点で、光を問い詰めていったのだった。

正直言って、長々とどうしてこんなことをと思う私の気持ちを代弁するかのように裁判長が「もういいでしょう」と言葉を発し、「命の選択」を争われるべき尋問は、ここで終わった。

# 第十章　無脳症の男児を出産

苦しむだけの生であれば、生そのものが損害なのかを光の裁判は問いかけた。一方、この女性は、子どもが無脳症であるとわかりながら、中絶をせずにあえて出産していた。

苦しむだけの生であれば、生そのものが損害なのかを光の裁判は問いかけた。苦しみを軽減したいという思いは誰もが抱くものである。

ましてや、我が子が激しく苦しむ姿を見るのは、自身の苦しみよりも大きいと考える親は少なくない。

通常よりも大きい苦悩や苦痛があるだろうことが予想される場合は、その子どもはこの世に生まれなかったほうがいいのだろうか――。

確実に数日も生きられないとわかっていて、子どもを産んだ女性がいる。

私にその話をしてくれたのは、出生前診断の告知のあり方と自己決定の支援について考える〈泣いて笑って〉というインターネット上のセルフケアグループを主宰する藤本佳代子である。このサイトは胎児に異常があると告げられた母親たちが交流し、拠り所にしているものであった。

藤本は細菌感染からくる前期破水によって人工死産（中期中絶）を経験していた。藤本が人工死産した子どもを抱いたのは火葬場に送り出す三十分前だった。すぐに我が子を抱きたかったが、そんなことを自分が頼んでいいものかと躊躇して言い出せなかった。対面できた我が子は膿盆に載せられ、さらにそれを使い古しの段ボールに入れられ、冷蔵庫で保管されていた。触ったら氷のように冷たかった。火葬場に付き添ったのは夫だけであった。

「小さすぎてほとんど骨は残りません」

と言われていたが、小さな大腿骨が二本残った。骨は当然持ってきてもらえると思っていたのに、夫は何も持って帰らなかった。へその緒も、髪の毛一本も、手足形も、写真も何も残せなかった。

〈泣いて笑って〉は、通常の出生前診断と一線を引き、重篤な障害で胎児が生きられない、母体が助からないという人たちだけに参加者を限定している。障害があるが生きられる命と、生きることさえ難しい重篤な胎児の疾患とでは、選択する時の母親の思いは異なるだろうと藤本は考えていたからだ。

このような違いに対して敏感になるのは苦しみが深く、今も苦しみの渦中にあるからていた。

だろう。自分の人工死産の話をする藤本は、もう随分前の経験になるのに涙を流し続け

一方、そんなサイトに対してすら違和感を持つという匿名メールもあった。

〈私の息子は十八トリソミーです。とても元気とは言えませんが生きています。

そちらの非公開コミュニティ参加の症例の中に、人工死産＝ただの中絶と変わらない症例がいくつかあります。母体が死に晒される人工死産以外の人工死産は、ただの中絶だと思います。そんな選択をする前にどれだけ勉強したんですか。そんな努力もしないで重い障害って言葉に惑わされて人工死産を選んだのならただの中絶です〉

メールの差出人は重篤な疾患であってさえも、中絶せずに生をまっとうさせるべきだと主張しているのだ。ただし、このような考えの人でさえ、〈無脳症なんかは仕方ないことなのかもしれません〉と書いていた。それほど無脳症は重い疾患とされている。

「だから、彼女のしたことを聞いて最初に抱いたのはずるいという気持ちです。こんな選択があるなんて考えもしなかったので」

その「ずるい」女性の名前は、バーク孝子という。

彼女がしたことは、無脳症の男児を出産したことである。

## 「帽子を買いにいかなくては」

無脳症とは千人に一人程度の、それほど稀ではない頻度で起きる胎児の奇形である。脳が全部または一部欠如し、頭蓋骨が欠損するため大脳がほとんどなく、出生後は数日を超えて生きていくことのできない疾患だ。

孝子はアメリカ・ヴァージニア州に暮らしていた。孝子が暮らすヴァージニアビーチは宮崎市の姉妹都市で、日本庭園や桜並木がある。

私は孝子とメールのやり取りを通じて、話を聞かせてもらった。孝子のメールは時差を考慮して「おはようございます（こんばんは！）」という書き出しから始まっていた。明るい語調のメールだが、内容は重い。

二〇〇七年、三十四歳の孝子は妊娠十八週の時に胎児が無脳症だと診断された。何をどうしても助かる見込みはないと医師は告げた。ほぼ百パーセントの人が中絶を選ぶという。

告知された後、孝子はインターネットで無脳症について調べた。画面に写し出される写真の衝撃は大きかった。孝子は悩んだ。自分にこの子を受け止められるのだろうか……。

苦悩の末に、孝子は中絶を選ぶのではなく、与えられた時間がたとえ短くても子どもの自然な寿命をまっとうさせてあげたいと決意した。

しかし、通っていた病院では出産を断られてしまった。三軒目の病院で、ようやく出産を引き受けてもらえた。

孝子はバースプランを考え抜いた。生まれた子に対する薬の投与や延命治療は放棄する。身体に針を刺すことは避ける。亡くなった後に解剖することや臓器提供することも拒否した。

希望したことは、生まれてすぐに母親の胸に子を抱くカンガルーケアだ。短い人生であっても、可能な限り腕に抱いていたいと伝えた。出産から誕生の様子は、プロのカメラマンがボランティアで撮影してくれることになった。そのカメラマンも子どもを亡くした経験があった。

燃えるような紅葉に囲まれた十一月、出産は帝王切開で行われた。

頭蓋骨のない姿を受け止められるだろうかと不安もあったが、初めて見る我が子に対して怖いという感情は微塵も感じなかった。むき出しの頭部さえ愛おしかった。

二歳年下の孝子の夫は泣いていた。そしてとろけるような笑顔でこう言った。

「Oh my Gosh, he is so beautiful」

バースデイケーキで祝い、歌を歌い、本を読み聞かせた。デイヴィッドという名前をつけて、夫の希望で洗礼も受けさせた。デイヴィッドは母乳を二回飲み、四回排泄した。

「デイヴィッドのために帽子を買いにいかなくては」と夫は張り切っていた。

だが、生まれた翌日デイヴィッドは父親の腕の中で息を引き取った。

「世界で一番安全な場所を選んだんだ」

孝子はそう思った。ふと気づいた時には死後五時間が経っていた。

これが親である自分のエゴなのか、子どもにとっても幸せなことだったのか、本当のところはわからないと孝子は思う。もしかしたら、デイヴィッドにとって痛かったり、苦しいことだったのではないかという心配もあった。

「でも、私としてはデイヴィッドを産めて、会うことができて、本当に心から嬉しく幸せでいっぱいです。亡くなってしまったことによる悲しみは今も続くけれども、でも会えて本当に良かった」

デイヴィッドの写真は今もリビングに飾ってある。毎年、落ち葉の香りを嗅ぐとデイヴィッドを思い出して心が温かくなると孝子は言う。

## 「助かる命でないから選択できた」

胎児に重篤な疾患がわかった場合も、妊娠を継続し、出産後は積極的な治療をせずに安らかに看取るという取り組みは欧米で始まっており、「胎児の緩和ケア」と呼ばれている。

「これまでは予後不良の先天性疾患に対しては、生まれてからそのまま看取るか、実験的な胎児治療を行なうか、人工妊娠中絶をするかしか選択肢がありませんでした。そこに、胎児のＱＯＬ（Quality of Life＝生活の質）を配慮して処置を行なう新たな概念が提唱され始めています。実際に胎児に薬物を投与して緩和を図ることや、妊婦とそのパートナーへの心理的な対処も含まれます」

宮城県立こども病院産科科長の室月淳医師は説明する。

「胎児自身に選択の余地はないのです。障害を抱えて生まれたとしても、たとえ生命がわずかであったとしても、家族に見守られながら生をまっとうするのが子自身の本望でしょう。医療というのは本来そのためにあるのです」

なぜ孝子がこのような決断をしたかといえば、過去に切迫流産で長い絶対安静の入院生活を強いられた末に子どもの命を諦めたことがあったからだ。「自分がもっと頑張っていれば救えたかもしれない命」に罪悪感を持ち続けた。恐怖は乗り越えられても、後悔は一生続くことを痛みをもって知っていた。

だが、孝子は美談に終わらせることはない。

「この選択ができたのは、どうやっても助かる見込みがない命だったからです」

この言葉に不意を突かれた。助かる見込みがない命であるからこそ、ほとんどの人が出産を諦めるのだ。助からない命だから産んだ、というのはどういうことなのか。

「重い障害を背負うけれども生き続けられる可能性があるという状況だったら、何が何でも産むという結論を出していたという自信は正直ありません。確かにどんな子でも自分の子であり、愛する人との間に生まれた子であることに変わりはないでしょうが、その子の将来、医療費の負担、特に親の死後を考えると答えを出せない卑怯な自分がいます」

デイヴィッドの出産に関する写真や言葉を、藤本はスライドにしてシンポジウムで紹介したことがあった。そのときに、ひとりの産婦人科医師が批判をした。

「こういうものをこれだけマンパワー不足の時に紹介すること自体が問題だ。抹殺すべき命があるということは受け入れられるべきこと。母体がリスクを負ってまで、どうしたって生きられない命を産む必要があるのか」

実際デイヴィッドの出産は母体にもリスクがあった。けれども、中絶もまた身体や精神的な負担が大きいことに変わりがないと考え、孝子は出産を決意した。

藤本はその医師の批判は納得できないと話す。

「たったひとつの経験から語られることを伝えたい。医療者も患者も互いに線引きしてしまっているが、一歩踏み込んで人間対人間として接することの必要性を医療者にも気づいて欲しい。専門家として彼らもまた自分の経験から絞り出される本音を語ってほしい」

〈泣いて笑って〉では提言は一切行なっていない。医療者に対しても、当事者に対してもである。それは自分たちで答えを見つけることが支えに、そして強みになるからだ。

「人間は愚かだと思います。実体験として自分が痛みを受けないと理解することができない。震災の報道を見ていてなんてかわいそうだと思っても、次の瞬間忘れてしまっている。命についてもっと自分の問題として覚悟を持つ必要があるのです」

# 第十一章　医師と助産師の立場から

病院は赤ちゃんの生存の決定を家族に委ねるようになっている。障害をもって生まれた子は、何もしなければ死んでしまう子も多い。だが現場の助産師は、そうした中、疲弊している。

宮城県立こども病院に勤務する助産師の高田美奈子は、ここ数年変わったと思うことがある。

それは赤ちゃんの生存の決定を家族に委ねるということだ。

この病院でもＮＩＰＴを行なっており、羊水検査によって出生前に異常が確定し、中絶する母親が少なくない。

羊水検査は通常、妊娠十六週以降に行なわれ、検査結果が出るのにはさらに二週間以上はかかる。羊水検査を受けて行なわれるこの時期の人工死産は、中期中絶とよばれるものである。

一般的にいわれる中絶は、妊娠十二週未満の妊娠初期に行なわれるもので、静脈麻酔の下に吸引や掻爬《そうは》によって子宮内容物を排出させる、日帰りで行なわれることも多い小手術である。しかし妊娠十二週以降の妊娠中期の中絶は、法律上は死産としてあつかわれるようになり、行政への死亡届も埋葬も必要となる。とくに妊娠十八週以降は胎盤も完成し、胎児も成長しているため、妊娠中絶はまったくの「分娩」のかたちをとって行なわれる。すなわち少なくとも三、四日の入院が必要で、子宮の出口を拡張し、その後に陣痛促進剤を使って胎児を「産む」のだ。胎児がまだ小さいために出産にかかる時間は普通よりは短いことが多いが、出産の痛みは変わらない。母体にとっては肉体的な負担も大きく、医学的リスクは普通のお産と同じだ。本人や家族にとって精神的な負担はかなり大きい。

そして、胎児異常による中期中絶によって疲弊するのは、医療者も同じだと同病院の室月淳医師は言う。

「妊娠二十二週未満の胎児は肺ができていないので呼吸ができない、すなわち生きていくことができませんが、それでも生まれてから十分から二十分くらいは心臓が動いていることは少なくありません。医療スタッフはもともと命を救うことに高いモチベーションを抱いて日々働いていますので、みずから人工死産を起こし、生まれた命を看取ることに対しては極めて強いストレスを感じています」

室月医師は、「自身の良心に反しても自分で決定した医師であれば耐えられるかもしれないが、それを指示された看護師や助産師などのスタッフのストレスはより大きい」

と述べる。

欧米では「受けたくない治療法を拒否できる権利や医療機関を自分で選択する権利」などが古くから議論されてきた伝統がある。同じように医療者にも「特定の医療を良心に基づいて拒否する権利」が認められているところが多くある。医療者自身が自分の良心や宗教上の信念にもとづいて中絶を拒否することも可能という。けれど、日本ではそのようなことはなかなか難しい。

## 助産師は疲弊する

助産師の高田は、中期中絶で疲弊したスタッフの一人だ。

「どうにかなりませんか？」

室月医師に直訴したこともある。この病院には、他の病院からの紹介で来る患者が多い。室月医師の前任者であった産婦人科医は、胎児の異常を理由に中絶を最終的に決めた妊婦については、紹介元の病院へかえすことを原則としていた。だが室月医師は、希望する人には自分たちが最後まで見届けてあげたいという気持ちを持っていた。その後、ＮＩＰＴの導入もあり、中期中絶の件数は月に三、四件と増えてきていた。

高田はそれを苦痛に感じた。

「ここは子どもも病院です。子どもの命を助ける病院なんです。育てられないと思って中絶を決意したのと同じ病気にかかっている子どもが、向かいの病棟では必死に生きている。あえてこの病院で中絶をしなくてもいいのではないかと思うのです」

それから、室月医師は中期中絶はできるだけ紹介元に戻してくれるようになった。それでも中絶件数は増えるばかりだ。

「ＮＩＰＴは実質的に堕ろすための検査だ」

とさえ思った。中期中絶に関わるお産に疲弊し、「正常なお産をもっとしたい」と病院を辞めていった同僚もいた。

一方、中期中絶する母親の気持ちの助けになりたいと思う看護師スタッフもいる。そのスタッフの発案で、赤ちゃんの産着を作るための布や型紙を用意するようになった。「産着を作ることもできますよ」と話すと、ほとんどの中絶する母親は入院期間中に洋服を作る。好きな布地を選んで、一針一針糸を通す。自分が葬ることを決断した命。それでもせめて何かしてあげたいと思う母親の複雑な思い。産着は二、三時間もあれば完成する。泣いている人もいれば、会社の心配をしている人もいる。生まれた後に抱っこする母もいれば、亡骸を紙袋に無造作に入れて、自家用車のトランクにその紙袋を放り投げた母もいた。

高田は東北大学を卒業し、研修後、この病院が開院する時に採用されたベテラン看護師だ。二十年近くのキャリアを通して、変化したのは出生前診断だけではないと話す。

「蘇生を希望しますか？　それともしませんか？」

先天異常がある赤ちゃんの出産後にもそのような選択を母親に問うようになったという。あるいは、早産となりそうな妊婦で、先天異常による予後不良が色濃く疑われるケースの場合は、妊娠中から蘇生を希望するかどうかを尋ねる。

蘇生を希望するかどうか。つまりは赤ちゃんの生死の決断が親に委ねられるのだ。

高田によれば、以前は当たり前にしていたケアが、今は親の承諾なしにはできなくなっているのだ。それはここ三、四年のことで、NIPTが始まった時期とも重なる。

高田も仕事を辞めようとまで思いつめた経験がある。

その子は、とても元気な十八トリソミーの赤ちゃんだった。異常がわかったのは遅く、中絶できる期間を過ぎていた。そうして、四十週の予定日通りに赤ちゃんはこの世に生まれてきた。体重は二〇〇〇グラムを超えていて、生まれてすぐに指をチュパチュパと吸っていた。

だが、食道と胃は繫がっておらず、何も飲むことができない。それでも、赤ちゃんはおっぱいを欲しそうにいつでもチュパチュパ指を吸って、大きな元気な声で泣いた。

「ご家族は異常がわかってから、この赤ちゃんを看取ると決めていました。手術はおろか、点滴も胃ろうも必要ないと拒否していました。このまま赤ちゃんが死ぬことを待つだけの時間でした」

最初は頬に触っただけで反射があり、おっぱいを飲みたそうなそぶりを続けていた。生まれた時はぶくぶくしていて、通常の十八トリソミーの赤ちゃんよりも強くて元気そうであった。

何も与えられなくても一週間は泣き声も元気だった。

「生命力のある赤ちゃんですね」

高田は母親にそう声をかけたが、点滴さえも許可してもらえなかった。確かに、食道をつなげる手術となると大変なのはわかる。けれども、胃ろうをすれば栄養を摂取できて、生きることができる。それが無理でも、せめて点滴を与えて、苦しまないようにしてあげたい。許されているのは保温だけだった。飢えて、渇いて、死んでいくのを見ているしかなかった。

母親は淡々と、

「上の子どもに寂しい思いをさせたくないから、入院は長くしていられない」

と繰り返すばかりだった。

日に日に赤ちゃんは泣かなくなっていった。眠りがちになって、瞬きさえしなくなった。皮膚がカサつき、体中がしわだらけになっていた。

「もちろん十八トリソミーの子どもは短命です。だけど、こんな風に見殺しにするなんて虐待ではないですか」

高田だけではなく、産婦人科医も小児科医も何かしてあげたいと苦しんでいた。それでも、親の意向に沿うしかなかったという。

赤ちゃんは干からびるように亡くなっていった。

死後、スタッフは「デスカンファレンス」という、死の苦しみを共有するカンファレンスを開いた。皆が苦しい思いを吐き出した。高田は他の科への異動を希望したが、認められなかった。退職も考えたが、思いきることはできなかった。今でもあの赤ちゃんの姿が忘れられないという。

数年後、その母親は次の子どもを妊娠し、この病院に戻ってきた。

「あの時はとても良くしていただいたので」

そういって、正常な赤ちゃんを出産した。スタッフの苦しみは伝わっていなかったようだ。

「医療者は親の意思決定を支える立場で、本当の自分の思いを隠していなければいけません。育てていくのは親御さんです。けれども、どこまで親は意思決定できるものなのでしょうか？　子どもの立場に立ったらどうでしょうか？　本来はその子どもの生命力で生きるか生きられないかは決まるのだと思います。

重い障害があれば、生きていても苦しいことも多いかもしれない。けれども、中絶の痛みの方がもしかしたら大きいかもしれない。餓死の方がずっと苦しいのかもしれない。なぜ親がそれを決められるのでしょうか」

高田は生まれてくる赤ちゃんの視点にできるだけ寄り添って考えたいと思っている。

「うちの子は病院に生かされているだけだ」

病院に来る度にそのように叫ぶ母親もいた。その子どもは先天性の病気を抱えており、呼吸器につながれ、十数歳になっても一度も退院できず家に帰ることもできない。

「だけど、そんなふうに言われたら、そのお子さんはどんな思いでしょうか」

高田はそう思っても、言葉を口に出すことはできない。

同病院において二〇一六年、難病を患い入院中の一歳の赤ちゃんの口と鼻を塞いで殺害しようとした母親が逮捕された。この赤ちゃんは母親にとって三男で、十年前に次男を四歳で亡くしていた。体内に作られるある酵素が不足する同じ遺伝性の難病だった。母親は裁判で「次男と同じ運命なら今のうちに楽にさせたかった。助かったと聞いても喜べなかった。生き延びることが幸せだとは思えなかった」と証言した。この難病は四歳までの死亡例が多く、根治的な治療法はなかったという。求刑懲役五年のところ仙台地方裁判所は懲役三年、保護観察付き執行猶予五年の判決を言い渡した。

四歳までの生を苦しんで死んでいく我が子を見るのはあまりにもつらいと思う母親の思いもわかる。

しかし、子どもからすればどうだろうか。
命を親が選べるものだろうか。
選べるとしたらいつまでなのだろうか。

## 「医師は患者の選択を尊重するしかない」

「赤ちゃんがたとえどんな障害をかかえて生まれてきても、たとえわずかしか生きられないにしても、できる限りのことをしてあげるのが医療の本来のつとめです。しかし中絶を選択するご両親が現実にはいらして、また生まれたのちに延命を希望しないという決断をされる方もいて、いろいろな事情の下でそれはしかたがないことだと思います。胎児に何か病気があるとわかったときのご両親の反応や態度には真の人間性が現れてくるので、人間として心から本当に尊敬できる場合もあり、またその逆の場合もあります。しかしどのような時でもわれわれはご両親によりそい、その決断を支えなければなりません」

出生前診断の技術が進むことで様々な種類の胎児の異常がわかるようになってきたことも医療者の疲弊を招いていると室月医師は話す。

「たとえば性染色体の異常、ターナー症候群やクラインフェルター症候群などといった重篤とは言えないものでさえ中絶の選択の根拠にする人も少なくありません。通常よりも背が少し高かったり低かったりすることと、将来不妊の可能性が高いというだけで、他には症状もなく普通の社会生活が送れるのです。医師としての自らの倫理観に反した決定を患者さんがすることも時々あります。しかしその場合でも、最終的には患者さんの選択を尊重しそれをサポートしていくしかありません。それは一種の諦念といったようなものかもしれません」

どのような重度の病気や障害の胎児だったら中絶を認めていいのか。あるいは認められないのか。その線引きは時代によっても、社会によっても変わってくる。日本では法律のなかに「胎児の異常による中絶」という文言がないため、「経済的理由」を援用して実質的な選択的中絶がなされていることはこれまで繰り返し述べた。しかしこのような実際の現場での運用は、普通どおりの生活が可能かもしれない重くない病気に対しても、中絶が拡大してしまうリスクがつきまとう。

「現在はあまりにも本音と建前が乖離《かいり》しすぎている状況です。社会的批判をおそれてかなかなか議論になりませんが、いまこそみなが考え、コンセンサスをつくっていくべきです。出生前診断や選択的中絶を全面的に禁止するのも良し。胎児条項をつくって中絶の範囲を明確化するのも良しです。われわれはそれにしたがって淡々と医療を行うのみです。逆にそういった難しい問題をオープンにすることを避け、結果的にその矛盾をすべて当事者であるご両親と医療者だけに負わせるのだけはやめて欲しいと思います」

光の裁判でも明らかになったように、現実にその矛盾に両親は直面し、医療者にも矛盾が降りかかっている。医師の裁量が大きい分、命に対する煩悶を医療者にももたらしているように感じる。もしも胎児条項といったものがあれば、医療者はそれにそって責任のある医療ができると室月医師は話す。

しかしこれに対し、反対する障害者団体も多い。

室月医師は言う。

「わが子が五体満足で生まれてくることを願わない親はいません。重い病気の子を産んでも大変かもしれないし、中期中絶をすることも大変な選択です。ずっとあとから考えると、中絶を選んだことを悔やむ人もいるし、逆に産むことを決断して産んでからいろいろと大変なことを経験するかもしれない。人間にとって『正しい』選択というのはないのです。しかしあのとき自分自身が、あるいは自分たちがあれほど考え、決めたのだという思いがありさえすれば、どんなことも乗りこえられるのではないでしょうか。ですからいちばん大切なのは、どんなに難しい問題に直面しても、ほかの誰でもない自分が、自分たちが決断していくことです」

数十年にわたりタブーになってきた胎児条項。

そのタブーの扉をこじ開けようと声をあげた女性がいる。

東京都の弁護士である足立恵佳《さとか》は、刑法と母体保護法の齟齬、そして母体保護法に胎児条項がないため「経済的理由」を援用してきたことに対して、二〇一二年六月に国家賠償請求訴訟を起こした。実態に合わない法律を長期間にわたって放置してきたことは「国の怠慢」だというのが足立の訴えの骨子だ。

足立は三十四歳の時に妊婦健診で胎児の重篤な先天異常が判明し、中絶手術を受けた。その時に初めて、経済的な理由ではなくとも「経済的理由」と書かなければ刑法の堕胎罪に抵触してしまうことを知った。

中絶手術を受ける大学病院の医師からは、「本当はこういうグレーゾーンの手術をしたくない」と言われた。

「医師にとっても、助産師にとっても、中絶手術は汚れ役なのでしょう。違法なことなんてやりたくない気持ちはよくわかります」

子どもを亡くしてからほどなくして、悲しみを埋めるかのように、足立は次の子を妊娠した。羊水検査など出生前検査は受けなかった。

「私はもう命を選択したくなかったんです。妊婦は自由意志で選択していると言われるけれど、本当にそうでしょうか。置かれている役割や法的な状況によって、選択させられていることもあるように思います。けれど、選択した結果は女性が負わなければならない」

選択しない権利というものもあるのだと足立は話す。

「選びようもないし、先のことはわからないんだから」

出生前診断において選択肢が増えることを歓迎する人もいる一方、選ぶことができない、選びたくないという思いを抱く女性も少なくない。選ぶことなくどんな子でも産もうと考える女性もいるが、検査することも障害を持つ子どもを産むことも怖くて、どちらも選ぶことができずにいっそ中絶してしまおうと考える人だっているかもしれない。

足立は最高裁まで争ったが、彼女の主張は認められず訴えは棄却された。

胎児の異常が判明した妊娠の大半が中絶しているという報道がされても、中絶の法的な根拠は議論されないどころか、問題視もされていない。

「堕胎罪が今でも時折執行されていることが気持ち悪いと思います。風向きが変われば、胎児の障害を理由として検挙することだって法的には可能なのです。それなら、いっそ中絶している妊婦を堕胎罪で全員検挙すればいいと思います。そうすればようやく皆がおかしいと声をあげ、議論が始まると思うのです。もしも議論して堕胎罪が違うと思えば変えていけばいい。いや、堕胎罪はあっていい、全員産むべきだと結論づけられればそのような社会設計をすべきです」

国連の女子差別撤廃委員会（ＣＥＤＡＷ）は、深刻な胎児の障害を理由とする中絶を合法化するよう勧告を出した。障害があっても子どもを産まなければならないことを強制されるのは、女性の自己決定権を阻害するというのだ。だが、女性の権利運動の成果として中絶が合法化された欧米諸国とは違い、日本では歴史的に中絶と優生が抱き合わせの状態から始まったため、胎児条項を議論するときに優生思想との関係を避けては通れない。

勧告があったのちも、国会などの公の場において、あるいは新聞やテレビなどのマスメディアにおいて、胎児の障害を理由とした中絶、いわゆる胎児条項については踏み込んだ議論がなされることは未だほとんどない。

# 第十二章　判決

判決は被告に一〇〇〇万円の支払いを命ずる原告側の勝訴。しかしそれは、「心の準備ができなかった」夫妻への慰謝料だった。光は「天聖に謝って欲しかった」と肩をふるわす。

二〇一四年六月五日、本州では梅雨入りしたが、函館ではダウンコートを着る人も見かけるほど肌寒い日。函館地方裁判所では、判決の言い渡しが行なわれた。

鈴木尚久裁判長の声が響き渡ると、法廷内はざわめいた。

「主文、被告らは、原告らそれぞれに対し、連帯して五〇〇万円ずつ支払え」

つまり、原告の要求した慰謝料は全額認められたことになる。

光は俯いていて、表情は見えない。

争点は二つあった。

一つめは、羊水検査が誤って報告されたことと、天聖が生まれたこととの因果関係の有無だ。これに対し裁判所は以下のように判断した。

羊水検査は胎児の染色体異常の有無などを確定的に診断することを目的として行なわ

れ、〈胎児に染色体異常があると判断された場合には、母体保護法所定の人工妊娠中絶許容要件を弾力的に解釈することなどにより、少なからず人工妊娠中絶が行われている社会的な実態があることが認められる〉とし、胎児の異常による中絶は胎児条項がなくても「弾力的に解釈」する社会的実態を少なくとも法律上問題視していないと判示した。

だが、羊水検査の結果から胎児がダウン症である可能性が高いことが判明した場合に中絶するか、あるいは中絶せずに出産するかの判断についてはこのように述べる。

〈親となるべき者の社会的・経済的環境、家族の状況、家族計画等の諸般の事情を前提としつつも、倫理的道徳的煩悶を伴う極めて困難な決断であることは、事柄の性質上明らかというべきである。すなわち、この問題は、極めて高度に個人的な事情や価値観を踏まえた決断に関わるものであって、傾向等による検討にはなじまないといえる〉

つまり、羊水検査で胎児の異常がわかった場合は少なからず中絶が行われている社会的実態があったとしても、子どもを産むか中絶するかの判断は、様々な条件を含めても倫理的な苦しみを伴う難しい決断であり、個人的な事情や価値観によるものである。故に、多くの人が中絶しているからといった傾向による判断にはなじまないというのだ。

〈そうすると、少なからず人工妊娠中絶が行われている社会的な実態があるとしても、このことから当然に、羊水検査結果の誤報告と天聖の出生との間の相当因果関係の存在を肯定することはできない〉

さらに、光ら原告も異常があった場合に中絶をしたと様々な場面において簡単に言い切れなかったこともあり、原告らにおいても羊水検査の結果に異常があった場合に直ちに中絶を選択するとまで考えていなかった、容易な判断ではなかったと理解されると述べた。

これらを踏まえて裁判所は、

〈法的判断としては、被告らの注意義務違反行為がなければ原告らが人工妊娠中絶を選択し天聖が出生しなかったと評価することはできないというほかない。

結局、被告らの注意義務違反と天聖の出生との間に、相当因果関係があるということはできない〉

と判示した。

つまり、遠藤医師が羊水検査の結果を誤って伝えていなければ、光は中絶をして天聖を出産しなかった、と言い切ることはできないというのだ。

確かにそうかもしれない、と私は判決を聴きながら思いを巡らせていた。光はずっと命を選択する時は、「崖に落とされそうになって指一本でつかまっているギリギリのところで判断する」と話していた。私自身も、自分は障害を持った子どもでも産もうと思っていても、いざその可能性が高まったら大きく動揺した経験があった。逆に、障害を持った子どもは産むことができないからと羊水検査を受けたとしても、やはりどのような障害があろうと産みたいと最後に決断する人もいる。

これまでの光の話からすれば、遠藤医師の誤診がなければ、天聖はこの世にいなかった可能性は高いだろう。しかし、誤診がなくダウン症だとわかっていたら、絶対に光は天聖を産まなかったとも言い切ることはできないのだ。

さらに裁判所は、検査結果を誤って伝えられたことで天聖が生まれたことと、天聖がダウン症に起因した疾患によって死亡したことの因果関係については以下のように述べた。

天聖はダウン症による合併症を発症し、最終的には一過性骨髄異常増殖症によって死亡した。光ら原告が天聖から相続したと主張する天聖自身の損害は、この経緯に関するものである。しかし、ダウン症やその合併症の発症原因そのものは遠藤医師の羊水検査の誤報告によってもたらされたものではないし、そもそもこれまで述べたようにこの過失と天聖が生まれたことの因果関係は法的には肯定できるものではない。それに加え、ダウン症児は必ずしも合併症を伴うものではなく、一過性骨髄異常増殖症の発症率はダウン症を有する者の約十パーセントであり、早期に死亡するのはそのうちの約二十から三十パーセントである。故に、ダウン症児として生まれた者のうち合併症を発症して早期に死亡する者はごく一部であり、遠藤医師の注意義務違反行為と天聖の死亡との間には相当因果関係を認めることができないと判示した。

つまり、天聖に関する損害は一切認められないと言っているのだ。

結局、光の主張は何も認められないのだろうか。

二つめの争点であった光らが選択や準備の機会を奪われたことに対する慰謝料について、裁判所は次のように判断した。

〈原告らは、生まれてくる子どもに先天性異常があるかどうかを調べることを主目的として羊水検査を受けたのであり、子どもの両親である原告らにとって、生まれてくる子どもが健常児であるかどうかは、今後の家族設計をする上で最大の関心事である。また、被告らが、羊水検査の結果を正確に告知していれば、原告らは、中絶を選択するか、又は中絶しないことを選択した場合には、先天性異常を有する子どもの出生に対する心の準備やその養育環境の準備などもできたはずである。原告らは、被告遠藤の羊水検査結果の誤報告により、このような機会を奪われたといえる〉

誤診がなく、ダウン症だと正確に伝えられていれば、光は産むか産まないかを選択できたし、産むと決めた場合はダウン症児を育てるための準備もできたというのだ。また、一度は胎児に先天性異常がないと信じていたのに、いざ天聖が生まれてみるとダウン症だと知り、検査結果と違う状態であったために光は現状を受け入れられなかった。そのような状況で天聖が重篤な症状で苦しみ、遂には死亡するという経過に向き合うことを余儀なくされた衝撃は大きいとした。他方、遠藤医師に対しては、検査結果報告書には

「染色体異常が認められました」と記載され、二十一番染色体が三本存在する分析図が添付されていたのだから、〈その過失は、あまりに基本的な事柄に関わるものであって、重大といわざるを得ない〉と裁判長は早口で読み上げた。

つまり、裁判所は羊水検査の結果によってダウン症だとわかれば産むか産まないかを妊婦が決定し心の準備をすることは、守るべき利益だと判断したのだ。

判決の意外性に、傍聴席は大きな波に呑み込まれたかのように空気が揺れた。これまで日本の裁判所において、出生前診断についてここまで踏み込んだ司法判断がなされたことはなかった。

二十年ほど前の京都における判決で指摘された羊水検査による「命の選別」の問題は持ち出されなかった。京都の判例があったため、そもそも命の選択をすること自体が認められないという判断もありうるのではないかと思っていた。だから、光は当初引き受けてくれる弁護士がなかなか見つけられなかったのだ。

これが二十年の月日なのだろうか。この二十年間に出生前診断を巡る社会状況は目まぐるしく変わっていった。新しい検査技術は次々に誕生した。天聖の出生から二年後には、母体血だけで染色体検査ができるNIPTが始まった。そして、さらに新しい技術はどんどん開発され、NIPTも近いうちに新しい検査にとって代わられるだろうと話す臨床遺伝専門医もいる。技術だけではない。人々の命を選ぶことへの態度はどうだろ

う。

原告が請求した賠償額のすべてが認められた。額だけで言えば、全面勝訴ということになる。

要するに裁判所は、誤診によって天聖が生まれ、苦しんで死んでいったことの医師の責任は認めなかった。そもそも両親が、仮に検査の結果を伝えられたとしても、「ただちに中絶したとは言えない」と光が言っていることから、その因果関係は否定した。しかし、誤診によって予期せぬダウン症児が誕生したことで、両親が精神的打撃を受けたことに対しての慰謝料は認められたのである。

ダウン症児出産事例で親に対する責任を初めて医療者側に認めた判決となった。法廷から静かに退席した光を追いかけようと思ったが、私は追いつくことができなかった。

「天聖に謝ってもらえなかったのが残念」

翌日、函館のベイエリアにあるいつものスターバックスで光と晃に会った。

この店で私たちは十数回にわたって会い、一杯のコーヒーだけで七時間も八時間も話し込んだ。「お代わりを買ってきましょうか」と私が尋ねても、光は遠慮して「いらないです」と言った。光は私と会う時以外は、値段が高いからとスターバックスに入ることはないと話していた。

そして、光はいつも天聖のことを話すと泣いていた。

だが、今回は勝訴なのだ。晴れがましい顔をしているかと思えば、そうではなかった。

「結局、私たち夫婦への賠償金が認められたものの、天聖に対する賠償金は認められませんでした。天聖に謝ってもらえなかったのが残念でした。裁判は天聖のために戦ってきたつもりでしたので、私たちへの賠償金がたとえ低くても、天聖の苦しみに対して謝罪してもらいたかった。天聖が苦しい思いをしたのは私たちのせいだったのでしょうか」

光は堰を切ったように話した。裁判所からは何度も和解を勧められた。思いもよらぬ、和解金額を匂わされたこともあった。判例もあったし、母体保護法の壁もあり、光が勝訴すると思っていた人は少なかった。裁判に負ければ何の賠償もないどころか、弁護士費用の支払いが大きくのしかかる。それであっても、光は「裁判所の判断を仰ぎ、天聖に謝ってもらいたい」と和解に応じずに、主張を曲げなかった。

「本当は……私の尋問ではあんな風に『中絶していたと思う』と話しましたが、どれだけ弁護士に法廷戦略上必要だと説得されても、気持ちに嘘をついて『中絶していた』と断言はできませんでした。断言していたら、判決で否定された羊水検査の誤報告と天聖の出生との因果関係も繋がっていたかもしれません。それでもどうしても中絶していたと言い切ることはできませんでした」

光はコーヒーに口をつけない。もしも「中絶していた」と言っていたら、裁判の結果がもっと良くなっていたとしても、言わなくて良かった。言えなくて良かった。光は言葉が溢れてくるようだった。

「だって、命なんて否定できるものじゃないから。どんな風に生まれてきても命は尊いのです。だから、私も障害を持って生まれてくるべきじゃないと思っているわけでもないです。誤診されたと思うから葛藤し、育てなくちゃいけないと思うから葛藤し、なかなか受け入れられないから葛藤した。それでも……中絶していた、生まれてくるべきじゃないと言わなくてよかった。命の選別や命の否定、ロングフルライフやロングフルバース、とかそんなことではないのです。単純に医師が間違ったことをしたから謝って欲しかった。生まれたから損害なのではなくて、現実に子どもが苦しんだことに対して謝ってほしい、それだけなんです。そのことがあの子自身を否定していることになるなんて……」

そこでしばらく言葉を詰まらせた。

「だって会ってしまったんだから。だって我が子の顔を見て、そのあたたかさに触れたんだから。この子は産まなかった、いらなかったと言ったら、生まれてきて苦しんでそれでも生きようとがんばって死んでいった、この子はどうすればいいのですか？」

もちろん、遠藤医師が天聖をダウン症にしたわけでないことはわかっている。そんなこと当たり前だ。だけど、天聖が亡くなって自宅に帰ってきた時に、遠藤医師が「苦しい思いをさせて本当にごめん」と天聖に謝ってくれたら……こんな訴訟になんてならなかった。そう言って、光は声を詰まらせた。

「あの場で謝ってくれていたら……。謝ったって家族しかいないんだから外に漏れるものでもありません。お金の問題でも、保険の問題でも、裁判の問題でもないのです。遠藤先生、あなたしかいない、あなたに謝って欲しい、あなたに……。あの時が一番重要でした」

勝訴したのに、涙を流し続けている光の肩は揺れていた。女子高生たちの軽やかな笑い声が響き渡る店内に午後の陽光が差し込んで来た。

寡黙な晃が妻を励ますかのように口を開いた。

「今回のことは誰も悪くなかったと言う人もいます。確かに亡くなった子を悼み続けているように、中絶をしていたら私たちは今も苦しみ続けていただろうと思います。遠藤医師がミスをしたおかげで家族で考える機会を与えてもらえたとも言える。良かったとは言えないし、良かったと解釈してはいけない。でも執着していたら次に進めないのです。そういうことを含めて良かったと思っている」

声をあげず泣き続けていた光が、前を向いた。

「本当は、あの子に会えて、あの子の顔を見られて、私は良かったのかもしれません」

# 第十三章　ＮＩＰＴと強制不妊

優生保護法下で、強制的に不妊手術を受けた人たちが国家賠償訴訟を始めて、全国的な広がりとなった。私は最初に提訴した宮城県の原告の女性を訪ねる。

出生前診断に対する社会の関心は加速度を増していた。

臨床研究がスタートした二〇一三年四月には全国で十五施設だったＮＩＰＴの認可施設が、一年で四十施設に倍増し、二〇一七年末には九十施設にまで増加した。検査費用は約二〇万円と高額だったが、四年半で五万人を超える妊婦がＮＩＰＴを受けたことになる。

そして二〇一八年一月、方向性が異なるように見える二つのニュースが同時期に大きく報じられた。

一つは、ＮＩＰＴについて、日本産科婦人科学会が限られた施設に限定していた臨床研究を終了し、一般診療化する方針だと新聞各社は報道した。

背景には学会の方針に従わない無認可クリニックの存在があった。そのようなクリニックのなかには、妊婦の年齢制限もなく、検査結果も郵送で送り、遺伝カウンセリングも義務づけられていないところもあった。さらに、学会が指針として出していたダウン症などの三つの疾患以外の染色体異常や、性別判定までも検査できると謳《うた》っている。日本産科婦人科学会は「適切な遺伝カウンセリングをせず、妊婦が混乱している」と中止を求めて来たが、学会に所属しない施設に効力はなかった。臨床研究の認可施設よりも安価で、多様なニーズに対応しており、手軽とあって、患者数は増加し、増え続けて来たＮＩＰＴの臨床研究施設での検査数が、減少するまでの勢いを見せていた。

また、学会の方針に従ってＮＩＰＴを控えていた産婦人科医からも、「認可施設は独占している。すでにデータは集まっており臨床研究の段階は終わっている」という不満の声も大きくなっており、研究の枠組みを超えて一般診療として実施する方針に転換することとなった。

子どもが生まれる前に、命を選ぶ機会はこれから格段に増えていくだろう。

海外ではさらに胎児の染色体だけではなく、全ゲノム解析を行う検査が登場し、日本にも近いうちに導入されるのではないかと予想される。今でも血液を米国などに送ることで、日本では認められていない検査を簡単に受けることができるのだ。

出生前診断においては、すでに国境の壁は取り払われつつある。

このニュースが報じられた前後に新聞で大きく取り上げられたのは、出生前診断が拡大していく流れに真っ向から反対する裁判の存在だった。

二〇一八年一月三十日付の毎日新聞の夕刊にはこのように書かれている。

〈一九四八年から九六年まで半世紀近く続いた旧優生保護法下で、不妊手術を強制された宮城県の六十代の女性が三十日、個人の尊厳や自己決定権を保障する憲法に違反するとして、国に一一〇〇万円の支払いを求める訴訟を仙台地裁に起こした。同法に基づいて強制手術を受けた人は全国に一万六四七五人いるが、国家賠償請求訴訟は初めて。女性側は、被害者救済に必要な立法措置を怠った国の責任について追及する〉

## 麻酔薬を使ってもよい

約四十万人の強制不妊手術をしたナチス・ドイツの断種法を手本とした日本の国民優生法の下では、強制不妊手術は一件もなかった。これは「産めよ殖やせよ」を背景とした社会において不妊手術に対する抵抗感が大きく、強制不妊手術の施行が凍結されたからだ。

だが、戦後になって社会が一変した後にできた優生保護法では、優生政策を徹底するために強制不妊手術を断固実施することになった。優生手術は本人の同意を得て行うものと、保護義務者が本人に代わって同意するものと、さらには本人や保護義務者の同意を必要としないものがあった。

優生保護法第四条には、このような条文がある。

〈医師は、診断の結果、別表に掲げる疾患に罹っていることを確認した場合において、その者に対し、その疾患の遺伝を防止するため優生手術を行うことが公益上必要であると認めるときは、（中略）都道府県優生保護審査会に優生手術を行うことの適否に関する審査を申請することができる〉

つまり、遺伝性とされた疾患を持つ人に対しては、本人の同意がなくても、審査によって行う強制不妊手術を合法化した。

別表の疾患はこのようなものである。「精神分裂病」や「躁鬱病」「真性癲癇」の「遺伝性精神病」、「遺伝性精神薄弱」、「著しい性欲異常」「兇悪な常習性犯罪者」などの「強度且つ悪質な遺伝性精神変質症」、「遺伝性進行性舞踏病」「全色盲」「血友病」などの「強度且つ悪質な遺伝性身体疾患」、及び「強度な遺伝性奇型」を挙げている。

また、十二条によって、遺伝性ではない「精神病」や「精神薄弱」に対しても、保護義務者の同意があれば不妊手術を行うことを認めた。四条と十二条の不妊手術は、都道府県に設置された優生保護審査会によって審査されたため「審査を要件とする優生手術」と呼ばれていた。

一九五三年に当時の厚生省が通知した文書には、「審査を要件とする優生手術」に関して最終的に不妊手術の決定が確定した場合に、〈許される強制の方法は（中略）それぞれの具体的な場合に応じては、真にやむを得ない限度において身体の拘束、麻酔薬施用又は欺罔等の手段を用いることも許される場合があると解しても差し支えないこと〉と記されている。つまり、身体を無理やり拘束したり麻酔薬を使ったり騙したりしてもいいということである。

一九九八年以来、国連の規約人権委員会は日本政府に対して、旧優生保護法下での強制不妊手術被害者に対する公的補償を勧告し、さらに二〇一六年には国連の女性差別撤廃委員会も同様の勧告を行ったが、国は「合法であった」として、補償はおろか、被害者に対する謝罪の意思すら明らかにしてこなかった。

## 遺伝性ではなかった

日本で初めて、強制不妊手術に対して国家賠償請求訴訟を起こしたのは、宮城県に暮らす佐藤由美である。

一九五七年に農業を営む両親の元に生まれた由美は、一歳に満たない頃から「バイバイ」や「ママ」などの単語を口にするようになっていた。そのため、両親は知能指数を心配することもなかったという。

だが、出生の翌年、先天性の口蓋裂の治療のための手術を受けたところ、麻酔が効きすぎたために、その直後から言葉を発することができなくなった。

六歳の時に宮城県中央児童相談所において知能検査を受けたところ、知能指数は三十九であり、児童調査票添付の診療録メモには「精神薄弱（?）」と記されていた。その後、現在に到るまで知能指数五十以下の重度障害を意味する総合判定「A」認定で、療育手帳の交付を受けている。

一九七二年、由美は十五歳の時に強制不妊手術を受けさせられた。本人には記憶がなく、父母も死亡していて当時のことを詳しく知る人はいないが、由美と一歳違いの義姉路子が十九歳で結婚した時に、由美の母親から「由美は不妊手術を受けた」ことを打ち明けられたというのだ。

手術から七年後、由美に縁談があったが、子どもが産めない体となったことが原因で破談となった。そして、手術後から「お腹が痛い」と日常的に訴えるようになった。三十歳の頃に、優生手術に起因する癒着が原因として、卵巣嚢腫にかかり、右卵巣摘出手術を受けた。婦人科内診を受ける際は、異常な痛がり方をし、看護師と数人がかりで原告の身体を内診台に押さえつけなければならなかったという。

個人情報開示請求をした当時の優生手術台帳には、由美の優生手術の申請理由が「遺伝性精神薄弱」と記されている。

だが、同様に個人情報開示請求をした由美が二十一歳の頃に受けた「心理・職能判定記録」においては、「遺伝負因なし」とされ、口蓋裂の手術で「麻すいが効きすぎた」と明記されていた。

つまり本来は遺伝性ではないのにもかかわらず、遺伝性精神薄弱と診断が勝手に変えられ、第四条適用の手術を受けさせられたのだ。優生保護審査会がずさんな審査を行ってきたことが明らかになった。

訴状には、

〈「優生保護」を理由とした不妊手術は、個人の極めて重要な子どもを産み育てるか否かの自己決定権を法律によって奪い取るものであり、憲法十三条によって保障された基本的人権を踏みにじるものであった〉

〈不妊手術被害という最も被害の声を上げられない事案についてさえ厚生労働大臣及び国会が救済の仕組みを作らないことから、最後の手段として、本訴訟によって、旧優生保護法による強制不妊手術被害を救済する補償制度をつくってこなかった厚生労働大臣の政策遂行上の不作為及び国会の立法不作為が違法であるとして、国家賠償法による被告に対し、損害賠償を求めるものである〉

と記されている。

この裁判が契機となり、各都道府県において優生手術を受けた人の資料の保存状況が明らかになり、また宮城県では手術を受けた最年少は九歳の女児だったことも報道された。優生手術を強要されたとして北海道や東京などの男女も提訴し、この流れは全国に広がっていった。

## 強制不妊手術を受けた原告

この原告に話を聞きたいと、私は東北新幹線に飛び乗った。報道では、知的障害を理由に本人の生の声はほとんど伝わってこなかったからだ。

「何にもないところだけれど、晴れていると山がとても綺麗に見えるんです。山が見えると今日はいい日だなと思います」

最寄りの駅まで、私を車で迎えに来てくれた原告由美の義姉である佐藤路子はそう笑顔を見せた。路子は家に向かう途中「ここに寄るから」とパン屋に車を止めて、「朝ごはんを食べてないでしょう。焼きたてだから車の中で食べていって」とロールパンを私に手渡してくれる。

「妹のお腹には縦に大きくギザギザの傷跡があります。帝王切開の傷とは全然違う。犬や猫だって、不妊治療の傷は目立たないようにしているのに、十五歳の少女に対する配慮がまったくない手術痕です。十五歳の十二月初め、冬休みでもなんでもない時期にどうしてそんなことをしなくてはならなかったのでしょう」

路子は無念をにじませた。

「どうして出生前診断と強制不妊手術の話が同じ時期に話題になっているんですかね。もうちょっとこの裁判が早かったら何か変わったのでしょうか……」

優生保護法と出生前診断が同時期に報じられていることにも違和感を持っているようだった。

「優生保護法はいい子孫を残して、悪い子孫を残さないために行われた人口政策でしょう。出生前診断で命を選択して、いい子孫を残して、ダウン症など障害者だと診断されると命は奪われる。私たちはあの時と同じことを繰り返すのでしょうか」

でも、と路子は続ける。

「私の長女が三十六歳で妊娠したときは、『検査があるけれど、しなくて大丈夫？』と心配して聞いたんです」

命の選別だと思っていても、娘のこととなると心配になってしまう自分の心を知って路子は複雑な思いがした。差別しているのではない。娘に苦労させたくないだけなのだ。

だが長女は、

「お母さん、何言うの。そういうことは必要ない。夫もどんな子でも、自分たちの子だから責任持って育てると言っているから」

と言って、検査は受けなかった。娘は生まれた時から大学入学まで、叔母である由美と一緒に寝起きし、食事をし、暮らしてきた。そのような年月がこういった言葉につながったのではないかと路子は嬉しくなった。

思えば、長女と由美は、長女が高校生になるまで一緒に風呂に入っていた。

次男は、毎日小学校から帰ってくると、

「由美さん、元気にしとったか」

と大声で聞きながら、玄関から入ってきた。

今は路子の孫たちと由美は、良い遊び相手となっている。

先ほど、路子が買った二つのチョコレートケーキを、由美と孫ふたりが仲良く分けて食べていた。三つに分けるのではなく、三人で交代で一口ずつ口に運ぶ。

由美と路子は四十三年間、そのようにして暮らしてきた。


「かわいいな。くまちゃんと写ってる」

襖を開けて、目じりのしわに優しさをたたえた女性が入って来た。白くなった髪は短く揃えられている。太い眉に、大きな目をしている。

この女性、由美が社会に大きな波紋を投げかけたのだが、本人はそのことを理解していない。

「知的障害があるため、裁判のことは理解していないようです。それでもよければ何でも聞いてください」

路子はそう言って、そっと席を外した。

「カレー好き？　うちのお姉さんが用意してる。さっきおれ食べた」

由美に手術のことを覚えているかと尋ねると、

「わからん」

と下を向いた。路子が言うには、由美は昔のことは色々覚えているのに、不妊手術のことだけは絶対に語ろうとしないという。それほどつらい思いをしたのかもしれない。

俯いていた由美が、最近通っている通所施設で作ったという雛飾りを見せてくれた。トイレットペーパーの芯に、画用紙を巻いて作ったお雛様。

「こっちが女、こっちが男」

由美は嬉しそうにお雛様を手に取った。

「トイレットペーパーの芯、とってある」

また作れますね。私の言葉に由美は笑顔で頷く。

由美は編み物が好きで、赤や桃色の毛糸で座布団カバーをたくさん作る。作ったものは家中で使われていて、知り合いにも由美がどんどんあげているのだという。

由美の話は、自分の「おっかさん」が死んでいなくなってしまったこと。そして遊びに来ていた路子の孫とさっきまで遊んでいたことに移っていった。

「孫かわいいな。お姉さん孫いる？　孫かわいい？」

「孫はまだいないけど、子どもがいます」

私が答えると、

「写真、ケータイ、見せて」

と由美は言った。子どもの写真を見せると、由美は花が咲くように笑った。

「かわいいな。くまちゃんと写ってる。かわいい」

子どもが好きだと由美は言う。

私は複雑な思いがした。強制的に本人がわからないところで不妊手術を受けさせられ、子どもが産めなくなってしまった由美に、自らの子の写真を見せている自分が無配慮な気がしたのだ。

けれども、由美は笑顔を崩さない。

「かわいい。子どもはかわいいな」

「子どもを産みたいと思いましたか？」

「ううん」

由美は大きく首を振って、また下を向いた。

路子が三日間煮込んだ牛すじ入りカレーを私はいただき、食器は由美が洗ってくれた。洗濯物を干すのも由美の担当だという。

帰り際、寒いのに由美は一緒に玄関の外まで出てくれ、見えなくなるまで手を振って見送ってくれた。

「お姉さんの子どもの写真、送ってな。かわいいから」

由美のよく通る声が青々とした山に吸い込まれていく。

## 強制不妊手術を受けたもう一人の女性に会う

同じ宮城県に、子どもが産めない無念をずっと抱えて来た人がいる。

その人は七十二歳になる飯塚淳子という女性で、宮城県内の市営住宅にひとりで暮らしていた。

優生保護法下での不妊手術についての訴えは何も最近始まったことではないのだ。飯塚は二十年間にわたって、強制不妊手術に対する謝罪と補償を求める運動を「優生手術に対する謝罪を求める会」と共に行ってきた。

飯塚は個人情報開示請求を行ってきた。宮城県精神薄弱者更生相談所が飯塚について

「優生手術必要」と記載した資料は現存したが、優生手術の証拠である優生手術台帳の記録は保管されていないとの回答であった。飯塚の手術の前年と翌年の分は残されていたが、その一年はなぜかないのだという。飯塚は二〇一五年に日本弁護士連合会（日弁連）に人権救済申し立てを行い、日弁連はそれを受けて二〇一七年、「旧優生保護法下において実施された優生思想に基づく優生手術及び人工妊娠中絶に対する補償等の適切な措置を求める意見書」を公表した。

　佐藤路子は、この日弁連の意見書を取り上げたニュースを見て、「自分の妹と同じだ」、「飯塚さんを支えたい」と勇気を出して名乗りを上げたという。

　夕暮れが迫る土曜日、市営住宅の扉を開けると、薄緑色の毛糸のベストを着た飯塚が出迎えてくれた。

「昨日白髪染めたんです」

抗がん剤治療で髪が全部抜けてしまってから二度めの美容院だったと言う。

「何もなくてごめんなさいね。味噌汁の具は何にしようかと思って」

ストーブの上には味噌汁の鍋が置かれ、シューシューと音を立てていた。窓ガラスには結露が光っている。

「地震で全部ダメになってしまって、食器も少なくなってしまいました。実家も流され、おばさんの遺体はまだ上がっていません」

味噌汁に入れるための豆腐とネギを切りながら話す。

「何と言っても五十五年の月日がありますからね」

飯塚は今から五十五年前の一九六三年、十六歳の時に何も知らされないまま、知的障害を理由に強制不妊手術を受けさせられた。

## 「自分が障害者だなんて思ったことはない」

その人生は苦難の連続であった。

飯塚は貧しい村の七人きょうだいの長女として生まれた。父は病気がちで働けず、母が一日中働き、生活保護を受けていた。

中学一年生の時に見知らぬ男にレイプされた。夜に家の外にあったトイレに行こうと思ったら突然犯された。暗くて男の顔は見えなかった。けれど、近所の大人たちが近くで傍観しているのは目に焼きついているという。誰も助けてくれなかった。

そして、中学三年生の時に突然、知的障害児入所施設に入れられることになる。民生委員からの強い働きがあったと中学校の先生が飯塚に宛てた手紙に記されていた。

飯塚が卵を盗んだ。サツマイモを盗んだ。そうも書いてあった。

「卵は嫌いで私は口にしないんです。サツマイモだって家の畑にいっぱいあって、盗むわけなんてないんです」

児童相談所で受けた知能検査の結果は六十だった。頭が混乱していたと飯塚は言う。施設での暮らしはつらかったが一年間耐え、中学卒業と同時に仙台市内の不動産業を営む家で住み込みで働くことになった。自分で決めたわけではない。知的障害者施設の先生が勝手に決めたものだった。

飯塚の仕事は掃除と食事の手伝いであったが、一度も給料はもらえなかった。

「あんたは馬鹿だ。馬鹿がいっぱい食べたらもっと馬鹿になる」

住み込み先の奥さんにそう言われて、ご飯のお代わりも許されずにいつもお腹をすかせていた。馬乗りになってほうきで叩かれることもあった。給料ももらえず、洋服も与えられず、いつもモンペ姿で着の身着のままだった。

だが、一度だけ服を買ってもらえたことがある。花柄のワンピースとビニールの赤い靴。

「出かけるからついておいで」

飯塚はその洋服を着せられ、奥さんと外出した。奥さんの幼稚園児の末娘も一緒に出かけた。

仙台を流れる広瀬川のたもとの公園で、奥さんはおにぎりを差し出した。三人並んでベンチでおにぎりを食べた。

そして愛宕橋を渡ると、その診療所はあった。一般診療をせずに、強制不妊手術をするためだけに作られた宮城県中央優生保護相談所付属診療所であった。普段は会うことのない父親が待っていた。

麻酔をかけられ、何をするかも知らされないまま、飯塚は子どもを産む機能を奪われた。のちに、父と母が話しているのを耳にして、初めて不妊手術をされたことを知った。

そんな話をしながらも、テーブルには、飯塚が作った料理がどんどん並べられていく。蕗《ふき》を煮たもの、里芋の茎「芋がら」の煮物、市営住宅の庭で取れた菊の酢漬け、これも庭で採れたというスグリの実をつけた焼酎、ウインナーを炒めたもの。そして、大きな茶碗に山盛りになった白飯。

「お米は佐藤さんのところからもらったものです。どうぞ食べてください。何にもなくてごめんなさいね。マヨネーズはこれ。私、卵がダメなので、卵の入っていないマヨネーズですけど」

卵が嫌いだと何度も強調する飯塚。そして分厚いファイルを何冊も取り出した。これまで個人情報開示請求などで取り寄せた資料の数々である。

亡くなる直前に父親が書いたというメモ書きにはこのような内容が記されていた。

〈優生手術については里子に預けている時、掃除や仕事している途中に垣根などで男と話し合いを長時間していた。そこから民生委員へ、男遊びしているからあれでは早く手術した方が安全だと通知があったのだ。妊娠されてからでは遅い。身からでたサビです。なぜ他人のところへ里子に行っていて男遊びをしたのか。強制手術されたのです〉

飯塚は男遊びなどしていないし、男性と垣根で話なんてしていないと繰り返す。なぜ飯塚はこんな弁明をしなければならないのだろう。飯塚が言うのだから男性と話もしていないだろうし、もしもたとえ十代の少女が異性と話していたところで何が悪いのか。

飯塚もどうして自分がこんな目にあわなければならなかったのか知りたいと語った。

チラシの裏に書かれたメモ書きは積み上げるほどある。

飯塚は二十一歳で結婚した。どうしても子どもが欲しかった飯塚は、知り合いの産婦人科に勤める看護師に頼み、生まれたばかりの新生児をもらってきたという。養子縁組ではなく、実子として戸籍に入れた。

「今だったら逮捕されますよね。当時はそんなことがあった」

そう言って、飯塚は退色した写真を取り出す。レースの飾りがついた純白の産着を着た赤ちゃん、夏祭りの時に浴衣を着た幼稚園児の男の子、入学式に半ズボンとブレザーを着た小学生。いつも飯塚と男の子の二人だ。

「今でもこのブレザーと浴衣は大切にしまってあります」

飯塚は三度の結婚をした。子どもが産めない体であることを隠して結婚し、それが原因で三人目の夫は家を出て行った。縛った卵管を戻したいと病院へ行ったこともあったが、難しいと断られた。

「今、心配なのは子どものことです。私が虐待されてきたから、絶対虐待だけはしないでいようと決めました。でも、施設でどんなことがあるか心配だし、私が死んだ後も心配です」

その子どもは、小学生の頃に自閉症と診断され、その後知的障害者と認定され、今は施設で暮らしている。

「二カ月に一回は高速バスで会いに行きます。遠足も一緒に行きます」

飯塚の家には、日本全国から、そしてイギリスやロシアからもジャーナリストが優生手術についての取材に訪れている。

「たくさん取材を受けていらっしゃったと思いますが、どうしても一番訴えたいことは何ですか？」

そう尋ねると、優生手術のことと、そしてと力を込めた。

「私は盗みなんてしたことないです。ものを盗むような人間ではないんです。民生委員は嘘をついたんです」

そして一呼吸置いて、こう言った。

「私は誰に恥じることなく、真っ直ぐに生きてきたんです」

私は聞きたかった質問を口にした。

「あなたは馬鹿だ、と住み込み先で何度も言われてきた少女時代から今に到るまで、ご自分を障害者だと思ったことはありますか？」

「私は自分が障害者だなんて思ったことないです。どんなに馬鹿だ、精薄だと言われ続けても、そんなふうに思ったことはありません」

飯塚の眼鏡は涙で曇っている。

強制不妊手術の国家賠償請求を問う第一回口頭弁論は二〇一八年三月二十八日に仙台地方裁判所にて開かれた。法廷に入廷するところを撮影しようとカメラが何台も並んでいる。

弁護団や支援者は横断幕を持って入廷していった。カメラに映りたくない原告の義姉の佐藤と飯塚は公園の隅で静かにその様子を見守っていた。

入廷する人たちの歩みを遠くで見ながら涙を流していた飯塚が、目を細めた。

「隣の奥さんにまた赤ちゃんが生まれて、抱っこさせてもらったんです。赤ちゃんはかわいいね。私に抱かせてくれたんです」

そして、婦人科系の病気のために、すぐにまた入院と手術をしなければいけないと言った。

強制不妊手術に対する裁判は進み、補償は進んでいくだろう。

それでも、失われた時間は戻せない。

「お願いですから十六歳のあの時に戻してください」

飯塚は何度も繰り返してきたその言葉を、裁判後の報告会でも発した。記者たちは今後の裁判の展開など質問している。けれども、その言葉の重み以上の発言はもはや聞かれることはなかった。


優生保護法では障害を理由とした胎児条項はなかったが、それは障害者差別をしていなかったわけではない。当時の医療技術では、生まれる前の胎児の段階で障害を検査することができなかったのだ。だから、遺伝性の疾患や、遺伝でなくても「不良な子孫」と思われる人に強制不妊手術を行うことで、生まれる前に障害者が生まれることを予防したのだ。

ＮＩＰＴと強制不妊手術が問うているのはこのようなことではないか。

どのような人間は産むべきか、どのような人間は産むべきではないのか。

どのような子は生まれるべきで、どのような子は生まれるべきではないのか。

重視されるべきは女性の自己決定権なのか、障害者の尊厳なのか、公共政策なのか、医療なのか。

それを決めるのは誰なのだろうか――。

# 第十四章　私が殺される

「なぜ、ダウン症がここまで標的になるのか」。ＮＩＰＴによってスクリーニングされることに「私が殺される」という思いで傷ついている人たちがいる。

「世の中からこんなに批判されるんだったらどうすればいいのでしょうか。ミスを訴えただけで、どうしてこんなことになるのでしょう。どうしてダウン症の親御さんたちを敵に回さなければならないのですか。私はむしろ障害を持ったお子さんが医師のミスで生まれた場合、きっちり子どもや親に補償して欲しいと訴えているんです。私は命を否定したいわけではないんです。命の大切さを訴えているんです」

光は憔悴していた。

裁判の判決は大きな衝撃をもたらし、医師や研究者などの専門家による勉強会も開かれ、この裁判の法的な解釈をめぐる論文も発表された。なかには、光に対する批判的な意見も少なからずあった。

社会的立場も知性も教養もある人が、「両親は金目当てなのでしょう。そんな大金を何に使うんでしょうね」「望まない子どもが死んでくれて良かっただろうね」などと話す場面も幾度か目にした。なぜそのようなひどい言葉を発せられるのだろう。

理由は一つだ。よほど光の裁判が許せなかったのだ。裁判を起こすこと自体が許せない。勝訴などとんでもない。そのうちの何割かは、出生前診断そのものさえも許容できないと思っている。

## 自分が殺されるような思いをして傷つく

障害を理由として中絶する人がいることで、検査があることとそのことだけで、自分が殺されるような思いをして傷つく人がいる。

その存在を改めて考える必要があるのではないか。

新型出生前診断では主に十三トリソミー、十八トリソミー、二十一トリソミーが検出できる。だが、最もターゲットにされているのは、二十一トリソミー、ダウン症だ。ダウン症の発生率と高年妊娠の相関が度々取り上げられることもあって、出生前診断といえばダウン症を調べるものだと思っている人も少なくないという。

なぜダウン症なのだろうか。

ダウン症は平均寿命五十歳を超える。天聖のようにダウン症に起因する合併症によって早くに亡くなる子どもは、裁判でも認定されたようにむしろ少数である。つまり、寿命という点で考えれば、ダウン症は重篤な疾患とは言えない。

NIPTが開始される直前の二〇一二年十一月、日本産科婦人科学会の公開シンポジウムで日本ダウン症協会・玉井邦夫理事長は「一度として『ダウン症が出生前診断の対象となりうる重篤な疾患なのかどうか』という議論になっていません」と話し、このように続けた。

「なぜ、ダウン症がここまで標的になるのか？　それを私たちなりに、毎日考えます」

「報道は常に二十一番トリソミーであるダウン症に向かいます。なぜなのだろうと考えた時に、ただ一つ辿り着ける結論は、彼らが立派に生きるからです。しっかりと何十年かの人生を生きるから。だから、この子たちは、生まれてくるべきかどうかを問われるのだとしたら、いったい私たちが問うているのは、どういうことなのか？」

長く立派に生きるからこそ、人々が接する機会がある。長く生きて社会で生活する。だからこそ、検査の対象とされ、産むことが困難だと思われる。そのねじれを明らかにしたスピーチだった。

この講演で玉井理事長が投げかけた問いはいまだ議論されないままである。ダウン症は重篤なのか。なぜいつもダウン症がターゲットとなるのか。検討されることもなく、出生前診断といえばダウン症という構図は強化されるばかりだ。

日本ダウン症協会が出生前診断を「マススクリーニングとして一般化することや安易に行うことには、断固反対」との姿勢を打ち出すと、「会員が減って困るからだろう」などと協会に批判の電話やメールが寄せられた。

日本の出生前診断は現在のところ保険適用はされずに自費であるが、イギリスでは二〇〇四年から母体血清マーカー検査が全妊婦に無料で提供されている。

ロンドン大学クイーン・メアリー・カレッジ教授（医療統計学）のジョアン・モリスの論文によると、イギリスにおける二〇〇八年までの二十年間の出産データを検証した結果、出産の高齢化によって四十八パーセント増加するはずのダウン症の出生率が、増えるどころか一パーセント減少していたというのだ。その間にダウン症の診断数は七十一パーセント増加し、陽性の確定診断を受けたうちの九十二パーセントが中絶を選んでいた。これは出生前診断によってダウン症の出生が抑制されていると言えるのではないか。

## 生きのいい精子や卵子

二〇一八年三月、新型出生前診断は臨床研究を終えて、一般診療化されることが日本産科婦人科学会の理事会で採択された。実施施設を今後拡大していくことと、検査できる妊婦の要件も緩和することが検討されている。

これに対する反対集会が二〇一八年三月十日、京都市内で開かれた。

京都市障害者スポーツセンターの二階にある会議室には百人近い参加者たちが集まっていた。長机に置かれた椅子だけでは座れず、補助椅子を出して対応している。フロアには色とりどりの車椅子が溢れている。

会議室の前方には「新型出生前診断実施拡大阻止集会　生まれようとしている命を選別しないで！」と大きく書かれた紙が貼ってあった。

主催者は京都ダウン症児を育てる親の会である。代表の佐々木和子は三十五歳のダウン症男性の母親だ。

「これほど多くの人が来てくれたのは初めてです。一月に日本産科婦人科学会が新型出生前診断の一般診療化を発表し、その阻止集会を開こうとしましたが、三月三日の日本産科婦人科学会の理事会で決定してしまったので、本日は私的には抗議集会です」

佐々木のほか、パネラーは三人。強制不妊手術について長年にわたる調査と支援を行なってきた「生殖医療と差別」という市民団体の利光惠子は、強制不妊手術と出生前診断に続く生まれてくる命の選別についてスライドを使って説明した。一九六〇年代に福祉コスト削減のための「障害児発生予防施策」の一環として起きた「不幸な子どもの生まれない運動」が全国的に展開され、この運動に取り込まれるように一九六八年に日本で初めて羊水検査が開始されたことに注目。つまり、強制不妊と羊水検査は切り離せないものであり、「不良な子孫の出生防止」を目指す視線が親から胎児に向くようになっていったと利光は主張する。そして、強制不妊手術を正当化した考え方が、現在、急速に進行する出生前診断等の「いのちを選別する技術」の開発・普及に直接つながっているのではないかとまとめた。

そのほか、神経筋疾患ネットワークの加古雄一は、着床前診断において対象となる筋疾患を持つ当事者のなかに検査の実施を強く求めた人たちがいた経緯を説明し、重度の障害者が社会に出て暮らす生活が保証されない限りこの流れは止められないと話した。JCIL日本自立生活センターの矢吹文敏は「出生前診断ではなく、出生前殺人」だと言い切った。

後半は質疑応答となった。フロアからはたくさん手が挙がる。

東京から来たという医師は、

「不妊治療の顕微授精で、生きのいい精子や卵子を持ってくるのはどう考えればいいのだろう。命の選別なのでしょうか」

と質問した。

広島から来た障害を持つ女性は、このような感想を述べた。

「生理の世話が大変だからと卵巣へのコバルト照射によって不妊にさせられた佐々木千

津子さんが広島にはいました。佐々木さんは亡くなられましたが、宮城の提訴で強制不妊手術に関心が高まり、地元にも取材が来ています。当時は証拠資料はないということでうやむやにされてきました。そして強制不妊手術をした医師は九十一歳になっても元気に暮らしているそうです」

意見を言いたい人の挙手は後を絶たない。会場はどんどん熱気を帯びてきた。ここに集う人たちのほとんどが、これから検査を受けようとする人たちではない。けれども、出生前診断を今生きている自分の生命を脅かす問題として、「私が殺される」問題として、捉えているようであった。

利光は、事務局にかかってきたという電話の内容の紹介で会を締めくくった。

「京都新聞に本日の集会の告知記事が出まして、それを見てお電話がありました。その方の両親は二人とも精神障害を持ち、入院中に知り合ったとのことでした。そして子どもを授かりましたが、周りからの声で強制的に中絶させられたそうです。のちに結婚し、第二子であるお兄さんと電話をかけてこられた方が生まれましたが、育てていけないだろうと四番目のお子さんも中絶させられたといいます。お母さまは中絶したことで傷を受け、悩み続け、お人形さんを抱いて『ごめんね』と撫でたり、お遍路参りをしていたそうです。ご本人はうつ病を発症したそうですが、いい出会いがあって結婚もできたと仰っていました。『自分は生まれて来てよかったから、生まれようとする命を絶対に選別しないでください。そう訴えたくてお電話したんです』」

大きな拍手に会場が包まれた。

閉会後、佐々木はこう話した。

「私たちの会の電話相談に、出生前診断で胎児がダウン症だとわかった女性から電話がかかってきたことがありました。女性は産みたいと懇願したものの、ご主人から強く反対されているという内容でした」

佐々木は電話でこう懇願した。

「産んだら私たちが絶対に全力でサポートするから、だから産んで欲しい」

それからその女性からの連絡はない。佐々木は「多分産めへんかったのかな」と苦しそうに言った。真相はわからない。けれど、「サポートするから」と言ってくれる人がそばにいてくれる、それはどのような選択をしようと妊婦の支えになったはずだ。産めるかどうか迷っている人の心を支えたであろう。気兼ねなく育児相談ができ、ベビーベッドやお古の衣服をもらえる。そういう相手が近くにいることでどれだけ母親は救われるだろう。

子どもに障害がなかったとしても、そもそも育児を大変だと思い、孤独を感じる母親が増えている。家族がいても育児の負担は母親に重くのしかかり、他人の手も借りにくく、相談できる相手もほとんどいない。

けれど、ダウン症の場合は助けてくれる家族会のネットワークが全国にある。思想や信条の違いもあろう。けれども、「私が全力で助けるから産んでください」、そう言ってくれる人がいることの、言えるその力を持った人が近くにいてくれることの大きさに圧倒された。光も、そして出生前診断で産むことを選ぶことのできなかった女性たちも、このような人がそばにいて励ましてくれたら、もしかしたらまた別の選択を考えたかもしれない。

「私たちは選ぶことに慣れてはいけない」

この集会で何か阻止できたのだろうか。しかし、会が終了した後の参加者の表情はさっぱりとしていた。思いを話せる場所、共有できる場所があることの幸せを噛みしめているようにも見えた。

高野川に夕日が反射するなか、佐々木と利光、集会のコーディネーターを務めたDPI女性障害者ネットワーク代表・藤原久美子と一緒に近くの和食店へ歩いて行った。藤原は糖尿病の合併症で三十四歳の時に左目を失明し、右目も見えづらくなっている。白い杖をついた藤原は、佐々木の肩に手をかけて、ゆっくりと川沿いを歩んでいく。

藤原は驚いたように言った。

「生きのいい卵子とか精子という医師の言葉にとてもムカついたとあとで話していた方がいました。喧嘩になってはいけないと会場では黙っていたそうです。不妊治療で精子や卵子を選ぶことは一般的に行われているけれども、そのことだけで傷つく人もいる。私たちは選ぶことに慣れてはいけないと思いました」

藤原は四十歳で妊娠。医師や母親から、「育てられるのか」「障害児が生まれる可能性がある」と中絶を勧められた。藤原が泣いて拒否すると、出生前診断を勧められた。

「つわりでフラフラしていたときに検査を勧められて、『検査を受けてどうなるんでしょう?』と聞くと、医師は『それはあなたが決めてください』と言いました。結局、私は検査を受けなかったのだけど、もしも検査を受けて異常があって、周りから中絶を勧められていたら、『産みます』と言えていたかわからない」

と話す。現在は女性障害者団体の代表として国際会議にも出席し、女性障害者を牽引する立場の藤原だが、その時はまだ活動もしておらず、知識もあまりなかったという。医師からの説明も少なく、家族や社会からの圧力もあった。

命の選択をする人は差別的なのか。障害があると中絶をする人は障害に理解がないのか。

そんな簡単なものではない。

それほど紙一枚のところで選択はなされているのだ。

佐々木は、京都で二十年ほど前にあった望まないダウン症児出生訴訟の傍聴に毎回通っていたという。羊水検査をしてもらえなかったためにダウン症児を出生し、主治医であった産婦人科医を訴えた訴訟だ。八章で触れた春佳の出生にまつわる裁判であった。ちょうど佐々木は母体血清マーカー検査の件で意見書を携えて厚生省に通っていた頃だったという。母親にアンケートをとり、八割が産んでよかったと思うという結果を厚生省に持参した。

「裁判では毎回すごい傷ついたわ。羊水検査を受けられてダウン症がわかっていたら中絶していたとお母さんは主張していた。ダウン症は、『殺していいんだ、殺していいんだ』と何度も言われているように思いました。こっちは子育てをしていて、日々格闘して、子どもはどんどん大きく育っていって、産んでよかったと思っている。そんな時に、『殺していいんだ』と叫ばれている気がしました」

今もその傍聴記録のメモは保管してあるという。聞くのもつらい裁判であったと語る佐々木は、それでも心配そうに尋ねた。

「お母さんは小さい声やった。聞こえないくらい。悩んでいたんやろうね。今どうしてはりますの？」

「生まれたお子さんは施設ではなく、親元で元気に育って、すでに成人を迎えています。お母さんは苦労や複雑な思いを話しながらも、でもとてもお嬢さんのことを気にかけて一緒に暮らしているように見えました」

佐々木は何度も頷いた。

「そうやろうな、そうやろうな。最初は戸惑っても、育てているうちに気持ちが変わることもあるもんね。控訴しなかったのは、お母さんが育てている子どもに愛着がわいてきたからだと聞きました」

## 「幸せです」と言わされている

二〇一六年に厚生労働省の研究班が行った意識調査によると、ダウン症当事者で「毎日幸せに思うことが多いか」という質問に対して、「はい」「ほとんどそう」と答えた人は約九十二パーセントに上ったという。この「九割が幸せ」という結果は、ダウン症に関連するシンポジウムなどの集まりでは度々使われてきた。

この日の反対集会でも、障害当事者が「幸せです」「生まれてきて良かった」と話すと、その度に大きな拍手が起きた。

しかし、なぜそのように言わなければならないのだろうか。

翌日、新型出生前診断を考えるシンポジウムが大阪で開かれた。そこに登壇した神経筋疾患を持つ石地かおるはこのように話したという。

「私は色々幸せです。でもなんであえて幸せと言わなくちゃいけないのか。不幸せではないんですと主張しなくてはいけないのか」

一緒にそのシンポジウムに登壇した立命館大学松原洋子教授は、この背景には「不幸な子どもの生まれない運動」から連なる思想があると言う。

「かつては、〈無能〉〈白痴〉〈悪質遺伝〉〈不具〉〈奇形〉などとレッテルを貼られていた障害者に対して、〈不幸〉というレッテルに変えたのは当時の行政からすれば社会福祉政策の一環だったのです。近代は不幸をどう取り除いて、幸福をどれだけ増進するかで成り立ってきました。障害があると不幸だとマジョリティが決めつけてきたのです。だからこそ、幸不幸なんて主観的で、争うものでも主張するものでもないのに、マイノリティは無理に戦いたくもない土俵にあげられて〈幸せです〉と言わされているのです」

「幸せです」と言いたくて、言っているわけではないのだ。言わざるを得ない状況を生み出してきたのは社会なのだ。

**「私は選択できなくて幸運だった」**

玄関を開けると、なずなの満面の笑顔が飛び込んできた。三和土《たたき》に降りたかと思ったら、さっと身を翻して、廊下を走り去っていく。

京都の望まないダウン症児訴訟、春佳の出生訴訟で、主任弁護人を務めた法律事務所に所属する五木弁護士の妻が、出生前診断を受けてダウン症児を出産していたことは前に述べた。

佐々木の話を聞いているうちに、五木弁護士の子どもであるなずなに会いたくなって、私は五木弁護士の家を訪ねた。

なずなは五木弁護士の妻百合子に似た色白で愛らしい女の子だ。小学一年生になるが、体格は二歳半くらいで、まだ言葉を話すことはできない。

「出生前に知ることができて、私たちは心の準備ができました。生まれてくれるからには、祝福してあげよう。自分たちは五体満足なのに、小さな娘はハンディを背負って一生懸命生まれてきてくれる。だから、何より祝福してあげようと決めていました」

「とにかくいたずら好き」だというなずなは、ふすまを開けたり閉めたりして、大笑いしている。百合子に負ぶさり、五木弁護士が馬になる。

生まれた頃は合併症があって、なかなか退院できなかった。その後も、在宅酸素療法を行っていたし、痰の吸引も家族の仕事となった。一年に数回は心臓の病気や肺炎で入院した。

なずなは心臓の心配もあり、障害児のための幼稚園と小学校に通っている。百合子はなずなを抱きながら話す。

「幼稚園も学校も知らない世界でした。こういう子どもたちがいて、親切にしてくれる人もいて、ハンディを背負って生きている。みんな一生懸命生きている。視点も変わりました。風変わりな人たちじゃなくて、一緒にお友達になってやっていけたらいいなと思うようになりました。どの子もかわいい」

二人は東京大学に在学中に知り合った。五木弁護士は法学部で法律を学び、百合子は医学部で看護の勉強をしていた。

「学校でも社会でも、これまで実際に障害を持っている人たちに接することがなかった。道ですれ違っていたかもしれないけれど、特に注目することもありませんでした。だから、新鮮なことが多い」

出生前診断として羊水検査を受けたのではなく、羊水過多で入院した時に、原因を突き止めるために羊水検査を勧められたという。すでに中絶できる期間は過ぎていた。

これほど前向きに子育てをして、障害を受け止めている二人だが、羊水検査の結果がわかった時の驚きは大きかった。五木弁護士の母親も、「育てられるのか。大丈夫なのか」と心配した。生まれてみたら、発達は独特で、育児書は一切役に立たなかった。

「だから誰とも比べないで済んで、何歳までに何ができなければいけないとかまったく関係なくて、かえって楽だったかもしれません。毎日、公園遊びやボール遊びを一緒にして、そこにいてくれるだけで笑いが溢れて楽しい。人とは違っても、日々の成長を喜ぶことができます」

百合子は出生前診断を受けたいと願う母親の気持ちもよくわかるし、ダウン症児を持つ母として同じ境遇の子の命の火を消す行為をやめてほしいと思う人の気持ちもわからないでもないと話す。

「ひとつ思うことは、選択するのは母親で、母親に決定権があるとみんな言います。でも、その選択は実は選択権が与えられていないのと同じだと思うのです。ダウン症だとわかった場合、私の時もそうでしたが、発達が遅いとか合併症があるとか、確定診断が出たら九割が中絶するとか、ネガティブな面、不利な面ばかりがドクターから伝えられます」

## 選択できなくて幸運だった

確かに九割が中絶という数字は強烈で翻弄されてしまいそうになる。けれども、最初から出生前診断を受けない人も多く、ＮＩＰＴに興味はあっても問い合わせ窓口で説明を聞いて検査をやめる人や遺伝カウンセリングを受けた上でやめる人たちもいるのだ。それらをくぐり抜けた、障害があれば中絶せざるを得ないという思いが強い人たちが母集団の中での九割なのではないだろうか。

　百合子は話を続ける。

「けれども、ダウン症を育てているお母さんはどんな子育てをしているか、普通のダウン症の子がどんな風に育っていくかの情報はほとんど与えられません。書道や様々な分野に才能があって活躍しているダウン症の人の話は伝えられる。しかし、そういう特別な人ではなくて、普通のダウン症の子がどんな風に生活しているか知る機会がないと、平等な選択とは言えないのではないでしょうか」

　百合子は長期間入院していて、ダウン症の家族会にも連絡できなかった。

「あの時、中絶できる期間だったら、私は産むほうは選べなかっただろうと思います。だから函館の裁判の話を聞いて、この子は、なずなは、選択できない時期にダウン症だとわかって幸運だったと思うのです。妊婦健診で首の肥厚などによってダウン症の兆候がわかったかもしれない。もしも早めにわかって来週までだったら中絶できますよと言われたら、この子はこの世にいなかったかもしれない。私は選択できなくて幸運だったと思います」

　選択できることが幸福だと思われる風潮はある。けれど、と百合子は言う。

「選択できなかったからこそ、生まれた命がある。今はこの子がいない人生なんて考えられない。この子がいなかったらと考えると人生終わったと思えるほどです。でも、選択できていたら、この子は生まれていなかったかもしれない。わからない方がいいこともある。悩むことなく生まれてきた方がいいこともある。だからこそ、選ばねばならないお母さんが気の毒に思います」

だからと言って、出生前診断を否定しているわけではないと百合子は強調する。知ることの恩恵もある。選択する選択しないを含めて、本当の意味で選択できる環境を整えることが大切なのだろう。

五木弁護士は言葉を引き継いだ。

「多種多様な意見や価値観があって、それを強制するのは窮屈です。ダウン症だったら何があっても産むべきだという社会も、中絶すべきだという社会も窮屈です」

五木弁護士は以前はバスや電車で大声をあげる知的障害者を怖いと思っていたというが、『自閉症の僕が跳びはねる理由』という本を読んでから、そのような行動をせざるを得ない理由や思いがわかり、視線が変わった。障害を理解することが、その人への理解につながる。

## 「排泄と着替えはできる」

ある一つの物差しで測ることに何の意味があるのだろう。

百合子は医師からダウン症は成人しても、「多くが小学一年生程度の知能しかない」と告げられた。それに傷つく母親もいると聞いた。だが、医師はこうもつけ加えた。

「排泄と着替えはできます」と。

「ああ、良かったな。排泄と着替えができるようになれば十分だ、よし」

百合子は悲しむどころか、嬉しい報せだと受け取った。もしもできるだけ普通に近づけようと考えていたらショックを受けただろう。けれども、百合子は「生きてくれるだけで大丈夫」「笑っていてくれればもうそれで嬉しい」という視線で娘を見ていた。

テレビ番組や雑誌で「東大」という冠を見かけることは少なくない。できるだけ競争に勝ち抜いて、できるだけ偏差値の高い大学へ行く。その価値観は二十一世紀になっても、受け継がれているように思える。だが、社会から見ると競争社会の頂点に立った夫婦は、そのような思いは一切なかったと話す。

「どんな子が生まれようとも、そもそも自分たちが行った大学がものすごくよくて是非に子どもを入れたいとも思っていなかったし、大学に行くこと自体も必ずしも良いことだとも思っていませんでした。私たちはたまたま大学を出たけれど、それが良い道とも限らない。その人に合ったその人なりの人生を生きられればいいなと思っています」

将来はできるだけ社会の中で生きていけるようにしてあげたいと百合子は思う。なずなの結婚や出産は、もしもチャンスがあればと笑う。

二人目の子を不妊治療していた時は、五木弁護士はもしも子どもを授かったら出生前診断をしようかと考えたこともあった。結局、妊娠することはなかったが、百合子は「今にして思えば」と話す。

「私は別に二人目の子がダウン症でも良かったなと思います。遺伝してなずなの子がダウン症であっても、孫がダウン症でもまったく構いません」

ダウン症の子育ては大変なこともあるのではないですか。私が尋ねると百合子は言った。

「いたずら好きなのも、偏食なのもこの子の個性だから。子育てで大変なこともあります。良いこともあります。それはどれもダウン症とは関係ないこと。この子の、なずなの子育てで大変なことであり、なずなの子育てで良いことなんだと思っています」

なずなは相変わらず、襖を開け閉めしながら、きゃあきゃあ笑い転げている。

「カミさんは気が長くて、おおらかで助かっています」

五木弁護士は照れ臭そうに言いながら、愛おしそうになずなに頬をすり寄せた。

# 第十五章　そしてダウン症の子は

ダウン症でありながらも日本で初めて大学を卒業した岩元綾は言った。「赤ちゃんがかわいそう。そして一番かわいそうなのは、赤ちゃんを亡くしたお母さんです」。

出生前診断でターゲットになっているのにもかかわらず、声を発してこない、発することができなかったのはダウン症当事者だ。

ダウン症は知的障害を持つ場合が大半なために、なかなか出生前診断に対する思いを伝えることができないが、自らの思いを発信している人もいる。

鹿児島県で一九七三年に生まれた岩元綾は、ダウン症当事者として日本で初めて大学を卒業した経歴を持ち、『生まれてこないほうがいい命なんてない』という出生前診断について当事者の願いを込めて書いた著作もある。障害者手帳を持ったこともなく、知的な障害も身体的な障害も認められない。だが、二十一番染色体が三本ある二十一トリソミー、ダウン症であることに間違いはない。

ダウン症は、出生前診断でどの程度の重篤さで生まれてくるか診断できない。岩元のように大学に行くかもしれないし、天聖のように合併症で亡くなるかもしれない。すべては生まれてからしか判断できないのだ。

家族の思いは聞いた。けれども、本人はどう思っているのか。

活火山である霧島山が近くにあり、自宅の風呂に温泉が出るという岩元の家を訪ねた。岩元は、メガネの奥の瞳が印象的な女性だ。隣に両親が付き添っているが、自分自身の言葉ではっきりと話す。

「えらそうに出生前診断を受けないで欲しいと言える立場でもないけれども、でもダウン症当事者としては今一度見直すべきだと思います。生まれてからわかる障害もたくさんあるのに、どうしてダウン症だけが対象になるのでしょうか。検査はダウン症を否定することになると思います。出生前診断への怒りはあるけれども、どこに怒りをぶつけていいかわからない」

そして、大きく息を吐いた。

「怒りを通り越して悲しみの方が大きい」

当事者の中にはテレビなどの報道で出生前診断について知った時に、「自分なんか生まれてこないほうが良かったのか」と悲しむ人もいるという。

そのため、日本ダウン症協会はダウン症当事者に向けたメッセージを作成した。

「新しい検査のニュースを見ましたか?」という文言で始まり、テレビや新聞では「ダウン症」と一緒に、「中絶」という言葉が出てくることを説明して、こう続ける。

〈こうしたニュースなどを見たり聞いたりすると、「ダウン症」は生まれてくると困ると言っているように思えます。それで、「ぼくは（わたしは）生まれてこないほうがよかったの？」とわたしたちに聞いた人もいます。

いいえ、けっしてそんなことはありません！

わたしたちは、みなさんが生まれてきたことに心から「おめでとう」と言います。みなさんがわたしたちの家族や友だちとしてそばにいてくれることに心から「ありがとう」と言います。

みなさんは、勉強が苦手だったり、仕事が上手にできなかったりすることがあるかもしれません。でも、それは、どんな人にもあることです。

みなさんは、「ダウン症」のない人と同じように、泣いたり、笑ったりしながら、家族や友だちと暮らしていますね〉

ダウン症と中絶が合わせて語られることに傷つく人たちがいる。

岩元は出生前診断についてその意味を知っていたし、深く考えていた。

## 文化という知恵で線をひく

ＮＩＰＴで陰性だと言われれば、我々は安心して出産に臨めるものなのだろうか。

ＮＩＰＴの検査の対象となる三つの疾患、すなわち十三トリソミー、十八トリソミー、ダウン症候群についてはかなりの精度が期待できる。ＮＩＰＴコンソーシアムが二〇一三年四月から二〇一六年三月までの三年間行った臨床研究の報告では、ＮＩＰＴでたとえばダウン症が陰性とされたにもかかわらず、実際にはダウン症の子が生まれてきたのは一万人に一人であり、きわめて例外的なことであることがわかる。

しかし染色体のすべての疾患のなかでこの三つが占める割合は七十パーセント強であり、残り三十パーセント弱の疾患はＮＩＰＴではわからない。そもそも一般的な新生児の三〜五パーセントは何らかの病気をもって生まれてくる。このうち、染色体に原因があるものは四分の一程度といわれているので、仮にＮＩＰＴで陰性であっても先天性疾患全体の二十パーセント以下しか否定できないことになるのだ。

なぜ胎児ばかりがチェックされ、異常が弾かれていくのか。重篤なアレルギーがあれば中絶するのか。重篤な心臓病があれば、癌の遺伝子があれば中絶するのか。これから胎児の遺伝子検査が進み、望めば生まれる前に多くのことが判明する社会になるだろう。

その時に、どんな子を誕生させ、どんな子を殺すのか。

玉井理事長は前述の講演で、「誰ひとり完全に正常な遺伝子を持っている人はいない」という見解があってもなお、切実な一人ひとり、個人個人の願いや事情があり、だからこそ技術が応用されなければならない社会的な意義もあるのだとしたら、出生前診断についてどこかで線を引く必要があると語っていた。

「その線は、もはや合理的な知識で引かれるのではなく、文化という知恵で引かれる部分だと思います。だとすれば、その知恵が多様な子どもたちと生きる知恵として提示されていただきたい」

文化という知恵。多様な子どもたちと生きる知恵とは何か。

無力な私には、答えはまだ出せない。

しかし、わかることもある。知恵を振り絞って意見を出し合い、どんな意見もタブーにせずに光が当たるところで議論していくことでしか私たちは生き残ることができない。

出生前診断を受けたいと思う気持ちを排除しない。

産めないと思う人を責めない。

産みたいと思う人も受け入れる。

生まれた子も大切な仲間として共に育てる。

違う意見であっても互いに認めて議論していく。

技術はそれでも進歩する。追いつけないかもしれない。けれど、私たちは文化という知恵を持っている。その武器を持ち、対話を積み重ねることが私たちを救うことになるのではないか。

光の裁判は「こんな裁判を起こすことが問題だ」と何度も言われた。インターネットでも識者からも責められた。私がこの裁判を取材し、文字にすることを暗に責めている人もいるように感じた。

それでも問いかけたかった。

光は私たちが放置してきた母体保護法の矛盾、優生思想、医療の疲弊、そんなねじれの中に陥ったのだ。そこから見えてくるものは大きい。パンドラの箱を開けたのだ。開いても皆が無視して、なかったことにするかもしれない。本人もそんなつもりはなかったかもしれない。それでも開けたのだ。

傷つけるかもしれない。不快感を持たれるかもしれない。恐る恐るであった。それでも、私はどうしても聞きたかった。

岩元に光の裁判のことを話した。

岩元は詰《なじ》ることなく、怒ることもない。静かに考えた末に、こう語った。

「赤ちゃんがかわいそう。そして一番かわいそうなのは、赤ちゃんを亡くしたお母さんです。検査を受けざるを得ないことがかわいそう。苦渋の選択を迫られるお母さんはかわいそう」

岩元は誰よりも光の悲しみの核を見抜いていた。

「私が言えることは、生まれてきて良かった、産んでくれてありがとうということです。できたら妊婦さんには授かった命はまっとうして欲しいけれども、個々人の事情によってはできないこともあるから、もしもまっとうできなかったとしても、今ダウン症として生きている命があることを忘れないで欲しい」

# エピローグ　善悪の先にあるもの

「どうして私のことをかわいそうって言ったのでしょう……」。ダウン症当事者の岩元の言葉を伝えると、光は涙をためながら言った。

判決が出てすぐ、光は四十五歳の時に最後のチャンスだと思って、一度だけ不妊治療による体外受精を試みた。

四十三歳で自然妊娠したが、次に検診に行った時には胎児は大きくなっておらずに、稽留流産で掻爬手術を受けた経験があった。

すでに不妊治療の助成金の対象年齢を超えていたので、すべて自費となる。

「子どもは三人いるのに何で？」

看護師はそう質問した。

医師からも、

「失礼なことを聞くけど再婚？」

と尋ねられた。

四十五歳で、子どもが三人いるのに、体外受精をするなんてよほど珍しいのだろうと光は思った。それでも前に進むために、どうしても挑戦したかった。

卵母細胞の数は年齢より十歳若いと言われていたし、受精卵も「良いものができた」と医師は告げたが、結局は着床しなかった。

「年齢の問題ですかね」

産婦人科医に光が尋ねると、医師は「そうだね」と軽く答えた。

「天ちゃんの生まれ変わりを産みたかった。自分たちのためにも、子どもたちの傷のためにも。子どもたちは『赤ちゃん来ないかな』といつも言っていました。弟を亡くした痛みを幼いながらに引きずっているんですね」

もしも子どもを授かっていたら、出生前診断を受けるだろうと光は話す。四十五歳だと染色体異常児の出生率は二十一分の一。だが、検査を受けてその結果によってはどうするのだろうかと考える。そう考えてしまうこと自体、自分には体外受精をする資格があるのだろうかとも葛藤した。

光は二度目の治療をすることはやめ、赤ちゃんを諦めることにした。

賠償金は自分たちが使うものではないと、三人の子どもの口座それぞれに三等分した。

今でも子どもたちは、三カ月で人生を閉じた弟のことを話す。

どこかへ遊びに行ったり、満開の桜や鮮やかな青空を見ると、誰かが言う。

「天ちゃんいたらどうだっただろうね」

長男が先日ふと「本当は裁判して欲しくなかった」と漏らした。光は「そうかあ」と答えた。子どもたちを苦しめてしまったことは、今も光の心に重くのしかかっている。亡くなってからも天聖の誕生日には毎年ケーキを買ってきて、ろうそくを立てて、家族全員で「ハッピーバースデイ」の歌を歌い祝ってきた。六歳の誕生日を祝った時は、「来年は小学生なんだね」と皆で話した。

天聖は苦しい生を生きたかもしれない。母親の母乳も吸えなかった。眩しい日の光を見ることも、ふるさとの波の音を聞くこともなかった。だけれど私たちの大切な家族になっていたのだ、と光は思った。

遠藤医師はその後も沈黙を守っている。何度取材を依頼しても、「今回は院長は忙しいのでお断りさせていただきます」とスタッフが返答するのみだ。

ウェブサイトによれば、クリニックは医師が三人体制になり、増築もして病棟も増えた。母体血清マーカー検査と羊水検査の出生前診断も行なっていると書いてある。

しかし、以前はなかったこのような言葉が添えられていた。

〈出生前検査では、赤ちゃんが持って生まれてくる病気の中のごく一部を知ることはできますが、全てではないことを理解しておく必要があります。また、検査はあくまでご夫婦の自由意志によって受けるか否かを決めるべきで、強制されるものではありません。また流産のリスク、倫理的問題などがあり「試しに受けておこう」といった感覚で実施されるような検査ではありません〉

現在も母体保護法指定医であることには変わりはない。

遠藤医師の代理人だった佐藤弁護士も裁判中は取材拒否をしていたが、判決から四年が経ち、ようやく重い口を開いた。毅然とした風貌の老弁護士である。

遠藤医師が敗訴したことに対して尋ねた。

「ありえないミスをしたんだからしょうがないでしょう。額については裁判官が決めることだから問題ではない。判決には胎児の障害を理由に中絶していい、命の選別をしていいなんて書いてないでしょう。単なる金額の問題です」

それでもなお現在に至るまで母体保護法と刑法の堕胎罪の矛盾なども変わっていない。

佐藤弁護士は言う。

「人が生きること、死ぬことは本来法律が決めるものなのか？　生命倫理や宗教が決めることでしょう」

自分個人の意見だと前置きしてこのように話し出した。

「今回のようにダウン症だったことによる選別は……。この話をするのは吐き気がする。

裁判中もずっと吐き気がしていたし、今も吐き気がしている」

そう言って押し黙った。小刻みに怒りに震えている。吐きそうなほどの怒りを抑えているかのようだった。その怒りの大きさに圧倒された。裁判のために、この人は答弁書で「生命倫理」を持ち出したのではないのだ。遠藤医師が出生前診断をやっていようと、中絶手術をやっていようと関係ないと言った。この人は自分自身の信念として、心の底から人間を選別することを許せないと思っているという気迫が伝わってきた。

「生命は受精した瞬間から命である。こんなことが高じれば男女の産み分けになるでしょう」

「天聖の損害については認められなかったということは、どんな命でも生まれた方が良かったということですか」

「生まれた方が良かったとかという問題ではない。命をどう考えるか？　出生前診断で殺していいのか」

佐藤弁護士はそして力を込めて震えながら言った。

「絶対に、絶対に許さない。私は絶対に許さない」

何を、ですか？

「人間が人間の命を選別すること自体」

怒りのあまりに目を瞑《つむ》って、佐藤弁護士は繰り返した。

「この事件を思い出したくもない。この事件を担当するのが本当に本当に嫌だった」

尋ねたい質問はたくさんあったが、もう私は声を発することができなくなっていた。

そして天聖が生きていたらランドセルを背負っていた春、光は小児科で看護師として働いていた。

「小児科にやってくる子どもを見て、天聖と同じくらいの子であれば『ああ、これくらいだな』と思い、天聖よりも後に生まれた子を見ると時間が過ぎたことを実感しました」

子どもを亡くしたことで自分の心に持っているものを小児看護に生かしたい。自分の子どもにやってあげられなかったことを、小さい子にやってあげたい。そう思って、小児科を選んだ。初めは、赤ちゃんを幸せそうに抱いている母親を見ると心が痛まないかという心配もあったが、働いてみるとそれは杞憂だった。

患者としてダウン症の子も何人か来た。偏見はまったくなくなっていた。かわいくて、もっと話しかけたくなった。子どもを亡くした痛みを生かせる職場にやりがいを感じていた。当初はパートから始めたが、春から正職員となることも決定していた。

だが、ひょんなことからこの小児科が遠藤医師のクリニックと連携があり、院長同士も親しいことがわかった。光は、雇ってくれている医師や他のスタッフに隠しておくことはできない、患者に親身になっている姿の院長の立場を考えると自分から身を引かないといけないと思った。院長に自分は遠藤医師を訴えた裁判の原告であり、ここでは働けないことを手紙に書き、裁判所に提出した自らの陳述書も添えた。

翌日、院長に呼ばれた。

「遠藤先生とは親しい仲です。産科と小児科の連携が多くてね。早くわかって良かったね」

患者の紹介だけではなく、講演会を行ったり、助産師が小児科に母乳の指導に来ることもあると言った。

病院を手伝っている院長の妻は、

「新しい求人を出しますね。光さん自身もつらかったですね」

と、労《いた》わるように言って涙ぐんでくれた。

小児科の仕事が好きだったから辞めないといけないことは残念な気持ちも大きい。それでもここで働けたことを感謝したいと思い、誰に言うこともなく時間がある時に窓を拭き、玄関に落ちている葉を拾い、トイレを掃除した。建物にも感謝したかった。

医師を相手に裁判を起こしたことがわかると、距離を置く人は今までにもいた。光は離れていく人の気持ちもわかると言う。

「医療職は命を守る仕事です。どんな命だって尊いと思って看護師の仕事を選びました。

だからもしも自分が第三者の立場で、誰かのニュースとして自分の裁判を見ていたとしたら、私だって『ひどい親だね』『障害のある子が生まれたからって訴えるなんて』と話していたと思います。『裁判なんて起こさないで、生まれてきた子どもを感謝して育てればいいじゃないか』と言っていたでしょう」

小児科に通っていた患者の展示が海の近くであると聞いて、光はダウン症の子どもたちの作品展を見に来ていた。

「似ているように見えても、よく見ると一人ひとり全然違うんですよね」

光は展示を見つめている。

「もしも私がこの裁判を起こしたことで、ダウン症のお子さんが『私は生まれて来ちゃダメだったの』と傷つくことがあったのなら、ダウン症のお子さんを持つお母さんが苦しむのであれば、本当に申し訳ない気持ちです」

これから出生前診断の誤診によって障害を持った子どもが生まれたとしたら、母体保護法の壁に医師が守られてなんの謝罪も補償もなく、自分と同じように苦しむのではないだろうか。もしも誤りがあれば、その子どもや家族に補償をすることが大切であり、次に同じような思いをする人がいないようにと考えて裁判を戦ったと光は繰り返し言っていた。むしろ味方になれるものだと思っていたのだ。

私はダウン症当事者の岩元綾の言葉を伝えた。

わいそう〉

〈赤ちゃんがかわいそう。そして一番かわいそうなのは、赤ちゃんを亡くしたお母さんです。検査を受けざるを得ないことがかわいそう。苦渋の選択を迫られるお母さんはかわいそう〉

光はその言葉を聞くと、息を呑んだ。

「どうして私のことをかわいそうって言ったのでしょう……」

光は涙をこらえながら、静かに呟いた。

「ダウン症の子や家族は、私とは本当に正反対の世界の人なのでしょうか」

光は天聖の髪の毛をラップにくるんだものを、財布に入れて毎日持ち歩いている。

「これがあればクローンができますね。それでも障害のある天ちゃんなんですよね」

見せてくださいと頼むと、髪の毛を取り出して、光はそれを手で優しく撫でて涙を流した。

「天ちゃん」

髪を撫で続けている。細くて茶色い髪質は、光にそっくりだった。

「天ちゃん、もう一回会いたい」

「会って何がしたいですか?」

「まっさらな気持ちで、我が子として抱っこしたい。いたわってあげたい、撫でてあげたい。本当にいたんです。あの子は実在していたんです。抱っこできたのは一回だけ。それでも触れられた。どんなに重い障害を持っていても、生きているからあの子はあたたかかった」

光はしばらく黙った。

「今までの経緯が色々あってそんなこと言っていいのかわからないけれど、全部取り除いていくとやっぱり会えてよかった」

「どうしてですか？」

「我が子だからです。三人の子どもたちと変わらない、我が子だから」

それからこう言った。

「どんなお母さんでも、中絶を選んだお母さんでも、我が子と本当は対面して触れ合いたいと思っているのではないでしょうか。子どもだってたとえ言葉が話せなくても、親に会いたいものです」

「ミスがなければ会えなかったかもしれないですものね」

「ミスがあって良かったとはやっぱり言えません。自分も誤った選択や誤りをたくさんしている。人は必ずミスを犯します。誤り自体が問題ではなく、大切なのはその後いかに反省し、真摯に相手を思いやるかではないでしょうか」

自分自身も命に対して、もしかすると大きなミスを犯していたかもしれない。そこで言葉は途切れた。

光は今でも「一緒に育てていこう」と言ってくれた「遠藤先生」のことを思い出す。いい先生で優しくて、寄り添ってくれると思っていた。あの「遠藤先生」が本当の先生だと今でも信じたいと思っている。

差別のない世界は理想だろう。けれども、実際に出生前診断を受ける人は沢山いる。そんな人たちが万が一誤診を受ければ法律の狭間に陥って宙ぶらりんで苦しむことになると光は思う。小さな命を選択する場面に直面して苦悩する妊婦は増えていくに違いない。

そんな重い決断にもかかわらず、我が子の命の選択に与えられた時間は驚くほど短い。その立場になってから考えるのでは遅いのだ。「どんな子でも産めるだろう」とか「障害児は絶対に産めない」と漠然と思っていることは、いざその立場になると足元から崩れることも多い。

「それでも」と光は言うと、躊躇するように押し黙った。そして、噛みしめるように言った。

「それでも、検査を受けても、『いや私は絶対に産めますよ』と言えるお母さんが増える世の中になると平和になっていくのかもしれません。子どもを持つというのは未来に対する希望なんですね」

黄色い浮き球が海に浮かんでいる。浜に近い方が昆布の養殖で、沖の方のものは定置網だそうだ。

「ここはいいところだと思って育ったけれど、もっといいところがあった。自分はもらわれっ子だから、本当の親を知らない。自分の父ももらわれっ子だった」

野球帽を被って、スーツにスニーカーを履いた光の父が言った。

「孫が生きていたらって今でもよく思うよ。最初は人目を気にしたと思います。でも、だんだんと愛情がわいていて、人の目なんてなくなっていったと思います」

光の父は繰り返し、障害者を育てる大変さを娘に説き、「障害者だったら堕ろせるのか」と光に言って出生前診断を受けることを促し、裁判にも「個人が大きな組織には勝てるわけがない」と反対していた。

潮がぶつかる汐首《しおくび》の荒波の先に津軽半島が見える。

「対面には大間の原発があるから。ここらも三十キロ圏内に入るといって反対してるんださ。でも人は誰でも間違うさ。そん時気づけばいい」

遠藤医師を許せますか。

「人間は神様でねえもんな。許すしかねえ」

誰でも間違いを犯す。その間違いは悪いことだけだとは言えないのかもしれない。間違いをくぐり抜けて生まれた命が教えてくれることもあるし、人を許す思いを私たちに与えてくれるものでもある。

光の父は呟いた。

「絶対の悪もないし、絶対の善もねえんだよな、本当は。その人にとっては悪でも、別の人にとっては善だよな」

土砂降りだった雨が墓に着くと急に上がって、青空が広がり始めた。光の父は墓の前で神道の祝詞《のりと》をあげる。

「天ちゃんが守ってくれているんだ」と光は受け取った。

天聖が眠る墓にはまだ名は書かれていなかった。

偏見や詮索も怖かったし、死を受け入れることが困難だった光は、勇気を持つことができなかった。

けれど、次の盆にはお墓に「天聖」と名を刻もう、光はそう決意している。

# あとがき

正直なことを言おう。

私は最初にこの裁判の新聞記事を読んだ時に、批判する人たちと同じように感じたのだ。すでにこの世に生まれた子どもを出産するか中絶するか自己決定する権利を奪われたと訴えるとは、どのような母親だろうかと。

その立場に立たされた人にしかわからないことがあると思い、函館へ向かった。けれども、心のどこかで懐疑的な思いもあった。もしかしてこの母親を理解できないかもしれないと。

そうではないと直感したのは、「中絶していた」と一旦書いて提出した訴状を、「中絶していた可能性が高かった」と書き直して欲しいと母親が弁護士に懇願したという話を聞いた時だった。

だから、この裁判に違和感を持つ人たちの気持ちもわかる。短い報道では知り得ることは少ないからだ。

そして、心の中に澱《おり》のように沈む割り切れない違和感こそが問題の複雑さであり、核のような気がしてならない。その違和感を放すことなく抱きしめながら、光の話に耳を傾けて欲しい。

そこから見えてくるのは、命に直面した人間の苦悩であり、愛する子どもを亡くした親の絶望であり、それでも前を向こうともがく生命の剛健な姿である。

これから我々の社会は、命の選別に直面せざるを得ないことも多いだろう。出生前診断や遺伝子検査の技術は驚くほどのスピードで進んでいる。

しかし、その速さに追いつく議論はなされていない。

議論すること自体が、障害者差別になるからと言う人もいよう。だが、タブーにして包み隠していることもまた、差別になるのではないだろうか。

暗闇に閉じ込めることなく、光の当たる場所に議論を置いておきたいと思って本書を執筆した。

取材を始めて五年の月日が経った。

光はどんなに批判や罵倒されようとも、自分と意見の違う人に対しても、必ず相手の立場に立って、相手の意見を受け入れ、咀嚼しようと努力していた。自分から離れていく人に対してもその立場であれば尤もだろうと理解を示し、誤診をした医師のことも手のひらを返したような態度を取ったのは本意ではなかったと信じていると話した。どんな時も人の良い面を見ようとしていた。一度たりとも、その態度が揺らいだところを見たことがない。

私がそう言うと、光は「自分では全然良いところだと思っていない。当たり前のことだから」と静かに答えた。

出会った人のなかには、我が子に障害があれば子どもを産まないと決意していた人もいた。障害があっても産んで育てている人もいた。障害のある子どもを里親として引き取って愛おしんでいた人もいた。どの人が立派だ、どの人は悪い、と誰が決められるものだろうか。その人それぞれの精一杯のところで出した答えは、唯一の答えだ。

五年に渡る取材を通して見えてきたことは、安易な中絶も、安易な出産もないということだ。どの人も、崖淵ギリギリのところまで考え抜いて、最後の最後に答えを出していた。そして、その答えは後になってみれば誤りだったと思うことも少なくないだろう。人間は時に間違う存在だ。選んだ道を良かったと思ったり、後悔したり、そうやって七転八倒して私たちはそれでも生きている。

本書の登場者の一部をプライバシー保護のために仮名とした。

なお、「天聖」は本当の名前だ。

出生前診断を誤診という形でくぐり抜けて、胎児仮死が疑われるなか誕生し、重篤な合併症がありながら三カ月の生を生き延びた、奇跡の命。

「あの子は何かを伝えるためにこの世に誕生したのでしょうか。私はバトンを渡された気がするのです。だからあの子の本当の名前を使ってください」

光はそう言った。

天聖は外の空気を一度も吸うことができず、太陽の明るさを知ることも、空の広さを見ることもなく、この世界の美しさを感じることのできないまま亡くなった。笑うこともなく、泣くことさえできなくなった。

それでもこの世に生まれてきてくれたことで、その小さな生を通じて私たちに教えてくれたことはたくさんあった。

天聖から受け取ったバトン。

それは命に真摯に向き合う姿勢ではないだろうか。

本書は「週刊新潮」「G2」において礎となる記事を執筆した。担当してくださった新潮社許正志氏、講談社石井克尚氏には細やかな力添えをいただいた。そして書籍を担当してくれた文藝春秋の下山進氏には多大なる助言をいただいた。

また、立命館大学大学院先端総合学術研究科松原洋子教授、東京大学医科学研究所武藤香織教授、宮城県立こども病院産科科長室月淳医師には、本書の草稿に目を通していただき、ご助言をいただいた。深く御礼申し上げたい。

本書に登場する方、また登場はしないけれども話を聞かせていただいた方々すべて、一人ひとり御礼を申し上げたいが、匿名の方が一部いるためにプライバシーを考慮してここに列挙することはしない。

大切に心にそっとしまっておきたい話を何時間も何十時間も話してくださった方、そして生涯をかけて積み上げてきた知見をわかち合ってくださった方々に心から感謝している。

二〇一八年五月

河合香織

# 解説

梯《かけはし》 久美子

二〇一八年に刊行された本書『選べなかった命』は、翌二〇一九年に、第五十回大宅壮一ノンフィクション賞と第十八回新潮ドキュメント賞を受賞した。両方で選考委員をつとめた私は、どちらの選考会でもこの作品を強く推した。

読むに値するノンフィクション作品の条件は、「取材が尽くされていること」「構成や文章などの表現がすぐれていること」「(なぜいま書かれなければならないのかという)現代性があること」だと私は考えている。これに加え、優れたノンフィクションには、その作品だけが持つ圧倒的な「何か」がある。

本書におけるその「何か」とは、「問い」だ。その問いの大きさと切実さに、一人の読者として、また同じノンフィクションの書き手として、打たれるものがあった。

本書の軸となっているのは、二〇一三年に始まった、ある裁判のゆくえである。

四十一歳の母親が、胎児の染色体異常を調べる羊水検査を受けた。ダウン症という結果が出たが、医師は誤って異常なしと伝えてしまう。母親が出産した男児はダウン症による肺化膿症や敗血症のため、壮絶な闘病をへて、生後三か月半で亡くなった。

両親は医師と医院に対して裁判を起こす。この裁判が注目を集め、その経緯が報道されることになったのは、両親が、自分たち夫婦に対する損害賠償だけではなく、子に対する賠償も請求したからだ。

両親への賠償には、もし誤診がなかったら、胎児を中絶できたという前提がある。産むか産まないかを自己決定する機会を奪われたことへの賠償を求めるこうした訴訟を、ロングフルバース訴訟という。ロングフル＝wrongful。悪い、不当な、不法な、といった意味をもつ語だ。

一方、子への賠償を求める根拠となるのは「生まれてこない権利」があるという考え方だ。子自身を主体とし、誤診がなければ苦痛に満ちた自分の生は回避できたとする訴えである。これをロングフルライフ訴訟という。本書で著者が追いかけた訴訟は、ロングフルバース訴訟であるとともに、日本初のロングフルライフ訴訟だった。

ロングフルバースとロングフルライフ。このふたつの概念も、実際にそれをもとにした訴訟が行われていることも、私は本書を読むまで知らなかった。おそらく読者の多くもそうだろう。男児の両親もまたそれを知らなかったという。亡くなった子への賠償は求めたが、その提訴が「生まれてきたこと自体が損害である」という考え方にもとづくものになるとは思っていなかったのだ。

母親は、苦痛に耐えるだけの短い生を終えた子に対して、医師に謝ってもらいたかっただけだと話す。著者の取材によって明らかにされる、誤診から出産、息子の死に至る経緯を見れば、これは正直な思いだろう。だがそれは司法の場では通用せず、障害は不幸なのか、障害のある子は中絶されても仕方がないのか、という批判にさらされることになる。

この訴訟を追いかけていくうちに、著者の中には多くの疑問が生まれ、それは「命」と「選択」についての大きな問いへと育っていく。

五年間にわたって、これでもかというほど取材を重ねながら、「結末のある物語」として事実を組み立てることを著者は拒む。語られるエピソードを美談にすることもない。本稿の冒頭に書いたように、ただひたすら、本質的な問いを問うために、この本は書かれているのだ。

その問いとは何か。本書のプロローグの終わりに、それは端的に記されている。

誰を殺すべきか。

誰を生かすべきか。

もしくは誰も殺すべきではないのか。

この三行だけを読めば、「誰も殺すべきではない」と皆が思うだろう。だが話はそう簡単ではない。私たちの社会では、産むか産まないかという命の選択が行われてきたし、いまも行われている。その選択のための検査はますます進歩し、異常があったら中絶することを前提とした出生前診断を受ける人は増え続けているのだ。

＊

本書のすぐれた点の一つに、誤診によってダウン症の子を生んだ母親の体験を相対化し、より深く考えるために、医療や法律の面でも広く深い取材を行っていることがある。そうか、こういう視点もあるのか、と思ったのは、羊水検査を受けて行われる、中期中絶と呼ばれる手術を行う医療者を取材した章である。

中期中絶は人工死産であり、まったくの分娩の形をとって行われるという。それを行う医療者は疲弊し、強いストレスを抱えることになる。言われてみれば当然のことだが、出生前診断と命の選択というテーマを考えるとき、そこまで考えが及んだことが私にはなかった。

この章に、看護師の発案で、中期中絶する母親のために、病院が布や型紙を用意するようになった話が出てくる。赤ちゃんの産着を作るためである。すると、母親のほとんどが、入院期間中に産着を縫うのだという。

〈自分が葬ることを決断した命。それでもせめて何かしてあげたいと思う母親の複雑な思い〉と著者は書く。

そう、複雑なのだ。当事者ではない者の予想をこえて、人の心は複雑である。そのことを突きつけられる思いがした。

取材によって、それまでわからなかったことがわかり、少しずつ、起こったことの輪郭が見えてくる。読者はその過程をともにすることになる。だが、出来のいいストーリーとして構築された読み物（ノンフィクションの書き手はつねに、今自分が書いているものがそうなる誘惑と戦わなくてはならない）のように、カタルシスが訪れることはない。著者とともに事情を知れば知るほど、人の話に耳を傾ければ傾けるほど、問題は複雑さを増し、読者は考えなければならないことが増えていく。本書が読者に与えるのは、理解が深まるにつれて問いが大きくなるという経験なのである。

多くの当事者に、著者は話を聞きに行く。

ダウン症の子を引き取り、里親として育てている女性は、十八歳になって本人が承諾すれば養子縁組をしたいという。家族の一員として暮らし、外でじろじろ見る人に「かわいいでしょう?」と堂々と言えるという彼女だが、もし実子だったらそういうわけにはいかないだろうと話す。障害のある子を生んだのは自分ではないという事実があるからこそ、愛情をかけることができるというのだ。

生まれてから数日しか生きられないことから、ほぼ百パーセントの妊婦が中絶を選ぶ無脳症。この疾患があることがわかっていて出産した女性は、短い時間でもわが子に会えて幸せだったと語る。だが著者にこうも言うのだ。

「この選択ができたのは、どうやっても助かる見込みがない命だったからです」

重い障害を負って生き続ける可能性がある状況だったら、産む決断ができなかったかもしれないという。

こうした、読んでいてどきりとさせられる率直かつ重たい言葉が、本書にはいくつも書き留められている。強制不妊手術の当事者や、ダウン症の女性からも著者は話を聞いている。彼女たちがここまで心をひらいて語ったことに驚かされるが、同時に納得もする。

どんな取材者にも、このテーマを世に問いたいという思いがある。この事実を伝えなければならないという使命感である。だが、それだけでは、目の前にいる相手に、「本当のこと」を語ってもらえないことがある。

ここにいるこの私が、ほかでもないあなたに、どうしても話を聞きたい。そうでないと、私が私の人生を一歩も前に進めることができない。そんな切実な思いがあったときだけ開く扉というものが存在する。

本書を読みながら私が感じていたのは、そうした切実さである。この切実さは、言うまでもなく、記述や分析の冷静さと矛盾せず、両立するものだ。

プロローグで著者は、自分自身が妊婦健診で胎児にダウン症の可能性を指摘されたことを記している。どんな子どもでも受け入れると決め、その先の検査には進まなかったが、出産が近づくにつれて心は大きく乱れたという。生まれてきた子に先天性の病気はなかったが、産後、著者自身が敗血症によって生死の境をさまよう経験をしている。

このことは、誤診の裁判に興味を持ち、取材を始める端緒にはなったろうが、本書の切実さは、それだけに起因しているわけではないと私は考える。

取材で多くの当事者の話を聞き、時間をともにしてその生き方にふれる。資料を読み込み、過去にこの問題に取り組んできた多くの人の声に耳を傾ける。そうした作業を繰り返す中で、この本を書くことが、それをしないと前に進めない、自分にとってどうしても必要なことになっていったのではないか。

それはキャリアの問題ではなく、もっと切羽詰まった、いわば「生きるための課題」である。そうでなければ、このようなつらく厳しいテーマの取材を五年間も継続し、書きおおせることはできない。

〈光の裁判は「こんな裁判を起こすことが問題だ」と何度も言われた。インターネットでも識者からも責められた。私がこの裁判を取材し、文字にすることを暗に責めている人もいるように感じた〉と著者は書く。

訴えられた医師の代理人を務めた弁護士は、「……この話をするのは吐き気がする。裁判中もずっと吐き気がしていたし、今も吐き気がしている」「この事件を思い出したくもない。この事件を担当するのが本当に本当に嫌だった」と言ったという。

だが、出生前診断の技術は、いまこうしている間にも進歩し、検査を受ける妊婦は増え続けている。最近ではビジネス化が進み、認定施設以外で検査が行われたり、カウンセリングが不十分だったりすることが問題となっている。当事者である妊婦だけが考えればよいことではもはやない。

著者は本書の刊行以降も継続してこの問題を取材している。大きな問いに出会うことは才能であり、それを手放さずに追い続けることが作家としての力量である。これからも、命について考える道しるべとなる作品を、世に送り出してほしい。

（ノンフィクション作家）

# 主要参考文献

丸山英二編『出生前診断の法律問題』尚学社、2008年
服部篤美「望まないダウン症児出産訴訟、函館地判平成26年6月5日判時2227号104頁の検討と分析―望まない障害児出産訴訟をめぐる法理論構築に向けての覚え書きとして―」東海法科大学院論集、2016年3月
米本昌平・松原洋子・橳島次郎・市野川容孝『優生学と人間社会』講談社現代新書、2000年
松原洋子「戦時下の断種法論争―精神科医の国民優生法批判」『現代思想』青土社、1998年2月号
松原洋子「科学史入門 優生保護法の歴史像の再検討」『科学史研究』41、2002年
優生手術に対する謝罪を求める会編『増補新装版　優生保護法が犯した罪―子どもをもつことを奪われた人々の証言』現代書館、2018年
横山尊『日本が優生社会になるまで―科学啓蒙、メディア、生殖の政治』勁草書房、2015年
齋藤有紀子編著『母体保護法とわたしたち―中絶・多胎減数・不妊手術をめぐる制度と社会』明石書店、2002年
優生保護法改悪=憲法改悪と闘う女の会編「優生保護法改悪とたたかうために」'82優生保護法改悪阻止連絡会、1983年
SOSHIREN女（わたし）のからだから「女（わたし）のからだから　阻止連ニュース」（1996年〜2018年）

近畿産科婦人科学会常任編集委員会『産婦人科医事紛争』知人社、２００１年
前田雅英『刑法各論講義』東京大学出版会、１９８９年
三浦岱栄『優生保護法の諸問題（一）（二）（三）』参議院自由民主党政策審議会、１９７０年
太田典礼『堕胎禁止と優生保護法』経営者科学協会、１９６７年
末広敏昭『優生保護法―基礎理論と解説』文久書林、１９８４年
日本女性差別撤廃条約ＮＧＯネットワーク「国連と日本の女性たち」２０１６年
新里宏二「不妊手術強制　万感の怒りこめた提訴」、大橋由香子「優生保護法によって傷ついた女たちの経験から」『世界』２０１８年4月号、岩波書店
米津知子・大橋由香子「女《わたし》のからだから」『現代思想』２０１７年5月号
室月淳ほか編著『妊娠初期超音波と新出生前診断』メジカルビュー社、２０１４年
利光恵子『受精卵診断と出生前診断―その導入をめぐる争いの現代史』生活書院、２０１２年
山中美智子、玉井真理子、坂井律子『出生前診断　受ける受けない誰が決めるの？―遺伝相談の歴史に学ぶ』生活書院、２０１７年
坂井律子『いのちを選ぶ社会―出生前診断のいま』ＮＨＫ出版、２０１３年
柘植あづみ『妊娠を考える―〈からだ〉をめぐるポリティクス』ＮＴＴ出版、２０１０年
岩元綾『生まれてこないほうがいい命なんてない―「出生前診断」によせて』かもがわ出版、２０１４年
東田直樹『自閉症の僕が跳びはねる理由』角川文庫、２０１６年
加藤秀一『〈個〉からはじめる生命論』ＮＨＫ出版、２００７年
立岩真也『私的所有論』勁草書房、１９９７年
荻野美穂『「家族計画」への道』岩波書店、２００８年

単行本　二〇一八年七月　文藝春秋刊

文春文庫

選《えら》べなかった命《いのち》

定価はカバーに表示してあります

出生前診断《しゅつしょうまえしんだん》の誤診《ごしん》で生《う》まれた子《こ》

2021年4月10日　第1刷

著　者　河合香織《かわいかおり》
発行者　花田朋子
発行所　株式会社　文藝春秋

東京都千代田区紀尾井町 3-23　〒102-8008
TEL　03・3265・1211(代)
文藝春秋ホームページ　http://www.bunshun.co.jp
落丁、乱丁本は、お手数ですが小社製作部宛お送り下さい。送料小社負担でお取替致します。

印刷製本・大日本印刷
Printed in Japan
ISBN978-4-16-791683-1

（　）内は解説者。品切の節はご容赦下さい。

榎本まみ
**督促OL　修行日記**
日本一ツライ職場・督促コールセンターに勤める新卒の気弱なOLが、トホホな毎日を送りながらも、独自に編み出したノウハウで年間二千億円の債権を回収するまでの実録。（佐藤　優）
え-14-1

榎本まみ
**督促OL　奮闘日記**
ちょっとためになるお金の話
督促OLという日本一辛い仕事をバネにし人間力・仕事力を磨くべく奮闘する著者が、借金についての基本的なノウハウを伝授。お役立ち情報、業界裏話的爆笑4コマ満載！（横山光昭）
え-14-2

榎本まみ
**督促OL　指導日記**
ストレスフルな職場を生き抜く術
日本一過酷な職場・督促コールセンターの新人OLが、監督者へ昇格。でも今度は部下の指導に頭がイタイ!?　持ち前の前向きさで仕事を自分の武器に変えてしまう人気シリーズ第3弾。
え-14-3

奥野修司
**ねじれた絆《きずな》**
赤ちゃん取り違え事件の十七年
小学校入学直前の血液検査で、出生時に取り違えられたことが発覚。娘を交換しなければならなくなった二つの家族の絆、十七年の物語。文庫版書きおろし新章「若夏《うりずん》」を追加。（柳田邦男）
お-28-1

奥野修司
**ナツコ　沖縄密貿易の女王**
米軍占領下の沖縄は、密貿易と闇商売が横行する不思議な自由を謳歌していた。そこに君臨した謎の女性、ナツコ。誰もがナツコに憧れていた。大宅賞に輝く力作。（与那原　恵）
お-28-2

奥野修司
**心にナイフをしのばせて**
息子を同級生に殺害された家族は地獄の苦しみの人生を過ごしていた。しかし、医療少年院を出て、「更生」した犯人の少年は弁護士となって世の中で活躍。被害者へ補償もせずに。（大澤孝征）
お-28-3

奥野修司
**看取り先生の遺言**
2000人以上を看取った、がん専門医の「往生伝」
「治らない患者さんのための専門医になる」決意をし緩和ケア医療に専心、がんで亡くなった医師の遺言の書。日本人が安らかに逝くために「臨床宗教師」の必要性を説く。（玄侑宗久）
お-28-5

（　）内は解説者。品切の節はご容赦下さい。

沖浦和光《かずてる》
**幻の漂泊民・サンカ**
近代文明社会に背をむけ〈管理〉〈所有〉〈定住〉とは無縁の「山の民・サンカ」はいかに発生し、日本史の地底に消えていったか。積年の虚構を解体し実像に迫る白熱の民俗誌！（佐藤健二）
お-34-1

小野一光
**新版 家族喰い**
尼崎連続変死事件の真相
63歳の女が、養子、内縁、監禁でファミリーを縛り上げ、死者11人となった尼崎連続変死事件。その全貌を描く傑作ノンフィクション！　新章「その後の『家族喰い』」収録。（永瀬隼介）
お-71-1

小野一光
**連続殺人犯**
人は人を何故殺すのか？　面会室で、現場で、凶悪殺人犯10人に問い続けた衝撃作。『家族喰い』角田美代子ファミリーのその後、〝後妻業〟筧千佐子との面会など大幅増補。（重松　清）
お-71-2

大竹昭子
**須賀敦子の旅路**
ミラノ・ヴェネツィア・ローマ、そして東京
旅するように生きた須賀敦子の足跡を生前親交の深かった著者がたどり、その作品の核心に迫る。そして、初めて解き明かされる作家・須賀敦子を育んだ「空白の20年」。（福岡伸一）
お-74-1

大杉　漣
**現場者**《げんばもん》
300の顔をもつ男
若き日に全てをかけた劇団・転形劇場の解散から、ピンク映画で初めて知った映像の世界、北野武監督との出会いまで——。現場で生ききった唯一無二の俳優の軌跡がここに。（大杉弘美）
お-75-1

梯　久美子
**愛の顚末**《てんまつ》
恋と死と文学と
三角関係、ストーカー、死の床の愛、夫婦の葛藤——小林多喜二、近松秋江、三浦綾子、中島敦、原民喜、中城ふみ子、寺田寅彦など、激しすぎる十二人の作家を深掘りする。（永田和宏）
か-68-2

春日太一
**あかんやつら**
東映京都撮影所血風録
型破りな錦之助の時代劇から、警察もヤクザも巻き込んだ『仁義なき戦い』撮影まで。熱き映画馬鹿たちを活写し、東映の伝説秘話を取材したノンフィクション。（水道橋博士）
か-71-1